LETTRES JAPONAISES
série dirigée par Rose-Marie Makino-Fayolle

LE RÉFECTOIRE UN SOIR ET UNE PISCINE SOUS LA PLUIE

suivi de

UN THÉ QUI NE REFROIDIT PAS

DU MÊME AUTEUR

LES ABEILLES, Actes Sud, 1995.
LA PISCINE, Actes Sud, 1995.
LA GROSSESSE, Actes Sud, 1997.

Titres originaux :
Yugure no kyushokushitsu to ame no puru
Editeur original : Bungei Shunju Ltd., Tokyo

Samenai kocha
Editeur original : Fukutake Shoten

ISBN 2-7427-1875-3

Illustration de couverture :
Leonardo Cremonini, *Lungomare* (détail), 1990

YÔKO OGAWA

Le réfectoire un soir et une piscine sous la pluie

suivi de

Un thé qui ne refroidit pas

récits traduits du japonais
par Rose-Marie Makino-Fayolle

ACTES SUD
HUBERT NYSSEN ÉDITEUR

LE RÉFECTOIRE UN SOIR
ET UNE PISCINE SOUS LA PLUIE

J'ai emménagé avec Juju dans cette maison par un matin brumeux du début de l'hiver. En réalité, ce n'était pas un véritable déménagement, puisque je n'avais pour tout bagage qu'une vieille armoire, une table pour écrire et quelques cartons.

Assise sur la véranda, j'ai regardé la camionnette bringuebalante disparaître dans le brouillard. Juju promenait son nez sous l'auvent, près de la clôture en blocs de béton ou la porte vitrée de l'entrée, comme pour mieux s'assurer des odeurs de notre nouvelle maison, en penchant la tête et avec des petits grognements sourds.

La brume s'est éloignée en ondulant doucement. Elle était d'une pureté transparente et n'avait rien du brouillard épais qui pesait sur le paysage. Il me semblait qu'il m'aurait suffi de tendre la main pour avoir la sensation d'en toucher le voile frais et délicat.

J'ai regardé longtemps la brume, le dos appuyé sur les cartons. A la fin, j'avais l'impression de distinguer chaque goutte d'eau couleur de lait. Juju, fatigué d'avoir reniflé un peu partout, était venu se coucher en rond à mes pieds. Comme je commençais à avoir froid dans le dos, j'ai tiré sur le ruban adhésif du carton auquel je m'appuyais pour en sortir un chandail que j'ai posé sur mes épaules. Un oiseau a traversé la brume de part en part avant d'être aspiré vers le sommet du ciel.

C'est lui le premier qui a aimé cette maison.

— Elle n'est pas un peu vieillotte ? avais-je remarqué en passant l'extrémité de mon doigt sur un volet à la peinture écaillée.

— Peut-être, mais ce qui est bien c'est qu'elle a l'air solide, avait-il répondu en levant les yeux vers un gros pilier.

Le pilier avait une lueur sombre. C'est vrai qu'elle avait l'air solide.

— La gazinière et le chauffe-eau sont des modèles très anciens.

J'essayai de tourner deux ou trois fois les boutons de la gazinière. Ils produisaient un bruit sec. La cuisine, carrelée, avait été nettoyée avec soin, mais çà et là, des carreaux ébréchés laissaient voir le ciment du mur. Et cela formait des motifs géométriques tarabiscotés.

— Regarde, c'est de fabrication allemande. Ce n'est pas fréquent, tu sais. Une gazinière étrangère, et en plus, presque une pièce de collection.

Il regarda la jeune employée de l'agence immobilière. Elle acquiesça avec enthousiasme avant de répondre :

— Oui, vous avez raison. C'est un étudiant allemand, qui a séjourné ici il y a dix ans qui l'a laissée en partant. C'est une authentique pièce allemande.

Elle avait bien, de l'Allemagne, cette robustesse particulière.

— Alors il n'y a pas d'inquiétude à avoir. Ça ne tombe jamais en panne.

Il souriait.

Nous avions visité, dans l'ordre, la chambre à coucher, la salle de bains et le salon. Ensuite, nous avions vérifié la solidité des portes, l'état de la tuyauterie et le nombre de prises électriques. Cela ne nous prit pas beaucoup de temps. Chaque pièce était petite et bien agencée, et le ménage avait été fait avec soin. A la fin, quand nous étions arrivés sur la galerie, il avait dit en jetant un coup d'œil au jardin derrière la vitre :

— Bon, c'est d'accord. Ici, on pourra vivre avec Juju.

C'était un jardin triste et solitaire, sans massifs, sans arbres, sans rien. Du trèfle y poussait çà et là.

— Tu as raison, le plus important est de pouvoir y vivre avec Juju, lui avais-je répondu, et la jeune femme de l'agence s'était inclinée en remerciant, apparemment contente.

Le plus important était de pouvoir amener Juju dans cette nouvelle maison. Je n'ai pas pu préparer grand-chose. C'était inévitable, dans la mesure où tout le monde s'est opposé à notre mariage.

Il a suffi que nous prononcions le mot mariage pour que les visages s'assombrissent dans un silence général. Et cela s'est terminé par un murmure gêné : "C'est une question à laquelle il vaut mieux réfléchir…"

La raison est tout à fait banale. Tout d'abord, il a déjà raté un premier mariage. Cela fait dix ans qu'il échoue régulièrement au concours de la magistrature. En plus, il appartient à la catégorie des hypertendus migraineux. De toute façon, la différence d'âge est trop importante et nous ne sommes pas riches.

Juju a bâillé. L'extrémité de sa queue enroulée sur elle-même m'est apparue mouillée à cause de la brume. Des poils clairsemés, noir et marron, étaient étalés, humides, sur le trèfle. La brume s'est estompée insensiblement, bientôt remplacée par un discret rayon de soleil.

J'ai jeté un coup d'œil aux cartons abandonnés un peu partout, et je me suis dit que je devais m'en occuper. Il y avait tout un tas de choses à faire pour rénover la maison : changer les rideaux, coller du papier aux murs des toilettes, tapisser les placards de papier antimite. Je devais m'acquitter de toutes ces tâches minutieuses pendant les trois semaines qu'il me restait avant de nous marier, seuls tous les deux, et qu'il vienne s'installer ici.

Mais pour l'instant je voulais uniquement contempler la brume. Rien ne pressait. Je voulais profiter pleinement de ces trois dernières semaines de solitude. J'ai inspiré profondément en prenant tout mon temps et j'ai touché le cou de Juju du bout de mon pied. Il était tiède.

Le lendemain, la pluie est venue remplacer la brume. Elle n'a cessé de tomber régulièrement depuis le moment où je me suis réveillée le matin. Des gouttes semblables à de minces filaments striaient continuellement la fenêtre. La maison d'en face, les poteaux électriques, la niche de Juju, tout était tranquillement mouillé par la pluie. Personne ne travaillait de l'autre côté des vitres sur lesquelles il n'y avait rien d'autre que des gouttes qui coulaient.

Je n'avançais presque pas dans le rangement des cartons. J'ai relu de vieilles lettres et j'ai regardé des albums page après page lorsque je me suis aperçue qu'il était midi. Je voulais manger quelque chose, mais comme je n'avais pas suffisamment de vaisselle ni d'ustensiles pour faire la cuisine, je n'ai pas pu me préparer un repas convenable. Par ce temps, je n'avais pas très envie d'aller faire les courses. Alors j'ai fait bouillir de l'eau pour me préparer une soupe instantanée, et j'ai grignoté des biscuits. La gazinière allemande s'est allumée du premier coup.

A cause de la pièce à laquelle je n'étais pas habituée et du contact rêche des morceaux de biscuits sur ma langue, le bruit de la pluie s'est installé avec encore plus d'insistance au fond de mon oreille. J'aurais voulu entendre sa voix, mais nous n'avions pas le téléphone. Nous n'avions ni télévision, ni radio, ni stéréo. N'ayant rien d'autre à faire, j'ai pris dans mes bras Juju qui dormait dans l'entrée. Il a paru surpris et s'est débattu avant de manifester son envie de jouer en agitant la queue.

J'ai décidé de passer l'après-midi à repeindre la salle de bains. Comme les autres pièces, elle était assez compacte. Elle ne contenait que la baignoire en émail, la robinetterie chromée et un porte-serviette. Il n'y avait pas d'espace en trop, et pourtant je ne m'y sentais pas du tout à l'étroit. Peut-être parce que le plafond est haut et la fenêtre plutôt grande.

Il me semblait qu'autrefois, sans doute à l'époque de l'étudiant allemand, elle avait dû être d'un rose romantique. J'en voyais des traces à proximité des carreaux. Mais, à la longue, la vapeur et le savon avaient irrémédiablement terni la nuance.

J'ai donc passé des vieux vêtements, puis un imperméable et des gants de caoutchouc. J'ai branché l'aérateur et ouvert grande la fenêtre. La pluie tombait toujours.

La peinture s'est beaucoup mieux étalée sur le mur que je ne le pensais. La salle de bains s'est rapidement mise à briller avec éclat. La pluie entrait de temps en temps, projetant des gouttes d'eau sur la surface fraîchement peinte. J'étais totalement concentrée sur le mouvement du rouleau afin de veiller à étaler la peinture de manière uniforme.

J'avais peint une bonne moitié du mur lorsque la sonnette de la porte d'entrée a retenti soudain. Je fus terriblement surprise, car c'était la première fois que je l'entendais. Elle avait résonné brutalement, comme un cri d'animal.

Dans l'entrée se tenaient un petit garçon d'environ trois ans et un homme d'une trentaine d'années qui devait être son père. Ils portaient tous les deux le même imperméable transparent à capuche. Ils dégoulinaient de pluie et des gouttes tombaient sur le sol à intervalles réguliers. Je me suis empressée d'enlever le mien couvert de taches de peinture rose.

— Excusez-nous de vous déranger par un temps pareil, commença brusquement l'homme sans se présenter ni dire pourquoi il était venu, ce qui me déconcerta. Vous avez emménagé récemment ?

— Euh, eh bien…

Je n'ai su quoi répondre.

— Ici on est près de la mer, c'est un endroit calme, paisible, et où il fait bon vivre, dit l'homme en reportant son regard sur Juju qui somnolait.

L'enfant était sage et serrait la main de son père. Ses bottes de caoutchouc jaune ruisselaient de gouttes d'eau. On aurait dit des petites bottes miniatures. Il y eut un moment de silence.

— Vous ne souffrez pas de détresse ?

Au moment où l'homme a prononcé ces mots, j'ai pensé qu'il devait appartenir à une secte. Ces gens-là m'embarrassent à chaque fois, car ils choisissent souvent des jours où le temps est pourri et en plus ils viennent avec des enfants.

Mais ils ne dégageaient pas la même impression que les marchands de religion que j'avais rencontrés jusqu'alors. D'ailleurs, il flottait autour d'eux une atmosphère particulière qui ne cadrait pas avec celle de n'importe quel représentant de commerce, fût-ce un vendeur de religion.

Tout d'abord, ils avaient les mains vides. Ils n'avaient rien : ni brochures, ni livres, ni cassettes, pas même de parapluie. Ils se tenaient par la main, l'autre bras tombant droit le long du corps. Leur silhouette toute simple était empreinte de retenue.

Ensuite, aucun des deux ne souriait. Nulle part il n'y avait trace de ce sourire visqueux et débordant de confiance en soi propre aux vendeurs de religion. Pour autant, ils n'étaient ni désagréables, ni boudeurs. Simplement, ils ne souriaient pas.

La seule chose qu'on aurait pu dire, c'est qu'ils avaient les yeux plutôt tristes. En les observant, j'avais l'impression que leur regard fondait tranquillement. Bien qu'éphémère, il laissait une ombre non négligeable qui prenait racine dans le cœur.

Je ne sais pourquoi je me suis dit que j'allais essayer de répondre correctement à leur question. J'ai tenté de prononcer intérieurement le mot détresse. Il m'est apparu comme appartenant à un vocabulaire philosophique que j'étais incapable de m'approprier. Ils me regardaient moi et Juju, toujours dégoulinants.

— C'est une question terriblement difficile, dis-je en bredouillant.

— C'est vrai, répondit l'homme.

— D'abord, je ne connais pas la définition exacte du mot détresse. Si on veut, on peut parler de détresse pour la pluie en hiver, des bottes trempées, ou même un chien qui dort dans une entrée...

— Oui, vous avez raison. Dès qu'on essaie de définir quelque chose, la vérité se dérobe.

Puis l'homme s'est tu, après avoir hoché la tête plusieurs fois. Il n'y avait plus que le bruit de la pluie qui flottait entre nous. Un silence gêné s'est installé, qu'il était impossible de combler. J'aurais pu les faire partir en prétextant que j'étais occupée. D'ailleurs, j'étais réellement en train de peindre. Si je ne l'ai pas fait, c'est sans doute à cause de l'atmosphère particulière qu'ils dégageaient.

— Il faut absolument que je vous réponde ? Je crois qu'il n'y a pas de lien entre vous, cette question, et ma réponse. Je suis là. Vous êtes en face de moi. La question flotte entre nous. C'est tout, et je ne crois pas qu'il faille y changer quoi que ce soit. C'est comme la pluie qui tombe sans se soucier de l'humeur du chien.

J'avais la tête penchée et je suivais du bout du doigt le contour des taches de peinture sur mon imperméable.

— La pluie qui tombe sans se soucier de l'humeur du chien, répéta l'homme à mi-voix. Juju a bâillé, la tête étirée vers l'arrière. On peut dire que c'est une réponse merveilleusement juste. Je n'ai pas besoin de vous déranger plus longtemps. Je suis vraiment désolé. Au revoir.

L'homme a salué poliment, suivi du petit garçon qui a incliné la tête de manière inattendue. Puis ils ont disparu tous les deux sous la pluie. Ils s'étaient retirés simplement, sans insister ni s'attarder. Je me suis demandé pourquoi ils m'avaient rendu visite et où ils allaient, mais j'ai renoncé à y réfléchir plus avant. Je venais de me rappeler la peinture qu'il me restait à faire. J'ai remis mon imperméable, fermé la porte d'entrée. Il y avait deux flaques d'eau à l'endroit où ils s'étaient tenus.

Plusieurs jours ont passé sans que je m'en aperçoive, au cours desquels j'ai fixé les étagères à épices dans la cuisine, ciré le couloir, et aménagé des massifs dans un coin du jardin. Je m'agitais dans la maison, travaillant en silence. J'avais un tas de choses à faire, et je ne me sentais pas seule, dans la mesure où le jour de mon mariage approchait. Lorsque de temps en temps j'éprouvais le besoin de me changer les idées, je sortais me promener avec Juju.

Nous nous aventurions un peu partout, marchant à la recherche de la succursale bancaire, du salon de coiffure ou du drugstore dont nous aurions besoin. On ne pouvait pas dire que le quartier fût animé, mais il s'y trouvait tous les magasins nécessaires pour ne pas être en peine. Nous croisions de temps en temps des vieillards qui se promenaient eux aussi tranquillement.

Lorsque, quittant les rues enchevêtrées, nous avons gravi une rue en pente, nous nous sommes retrouvés sur une digue ensoleillée. C'était le début de l'après-midi et il n'y avait pas de vent. De l'autre côté de la digue, la mer, tout en longueur, se confondait avec le ciel bleu. Il y avait des cargos. Juju s'est mis à courir et sa chaîne brillait dans les rayons du soleil. Tout baignait paisiblement dans la tiédeur ambiante.

Au fur et à mesure que nous progressions sur la digue, la mer allait en s'élargissant progressivement. Des mouettes volaient si près que j'aurais pu les toucher. Une voiture de la poste, rouge, nous a dépassés tranquillement.

Une école primaire se trouvait au pied de la digue. Une école toute bête avec son gymnase et son bâtiment principal à deux étages en béton armé, ses étagères à chaussures et ses cabanes à lapins. Juju a soudain descendu en diagonale le talus herbeux, se dirigeant tout droit vers la porte arrière de l'école. J'ai bien été obligée de le suivre. C'est ainsi que je les ai retrouvés, debout à côté du portail.

Mis à part l'imperméable, ils n'avaient pas changé par rapport à la dernière fois. Ils n'avaient aucun bagage et se tenaient par la main, immobiles. Je croyais qu'ils m'avaient oubliée, mais l'homme m'a aussitôt reconnue et m'a saluée en disant :

— Excusez-nous de vous avoir dérangée l'autre jour.

Ses manières étaient toujours aussi polies.

— Mais non, je vous en prie.

A mon tour, je l'ai salué précipitamment.

Juju tournait autour de nous avec excitation. Sa chaîne produisait un bruit métallique. Le garçon ne le quittait pas des yeux.

— Vous êtes en plein travail ? ai-je demandé sans trop savoir si le mot convenait.

— Non, pas vraiment. Nous faisons une petite pause, répondit l'homme.

Avec la pluie la fois précédente, je ne m'étais pas aperçue qu'ils portaient des vêtements convenables et de qualité supérieure. L'homme avait un costume souple d'un vert profond, tandis que l'enfant portait un gilet pure laine et des chaussettes blanches immaculées. C'était, en ce début d'après-midi et dans ce quartier excentré, une tenue assez voyante.

— C'est un joli chien.

— Je vous remercie.

— Comment s'appelle-t-il ?

— Juju. Votre fils est mignon lui aussi.

— Je vous remercie.

— Quel âge a-t-il ?

— Trois ans et deux mois.

Après cet échange, je n'ai pas trouvé d'autre sujet de conversation. Un silence est passé en coup de vent. Il n'a laissé entre nous que le mot détresse. Si je n'ai pas réussi à partir avant qu'il ne prononce encore une fois ce mot, alors que je voulais le faire, c'est à cause d'une ombre fugitive dans ses yeux qui m'a retenue.

Les abords de l'entrée secondaire de l'école étaient saturés de sons variés : chœur de flûtes accompagné par l'orgue de la salle de musique, sifflets et galopades dans la cour, corne de brume assourdie en provenance de la mer. Je tendais l'oreille à chacun de ces bruits, mon regard dirigé vers leurs pieds. Juju s'était couché en rond dans un endroit qui lui plaisait, à côté d'un des piliers de l'entrée.

— Je peux toucher le chien ? demanda soudain l'enfant. C'était la première fois que je l'entendais parler. Sa voix était claire et transparente.

— Bien sûr. Si tu le caresses à cet endroit, il sera très content.

Soulagée de ce que le silence était enfin rompu, je lui ai montré comment lui caresser le cou. Les yeux fermés, Juju me léchait la joue avec sa langue rose. Le garçon lâcha son père pour tendre craintivement la main vers l'arrière-train. Ses doigts potelés disparaissaient à moitié au milieu des poils tachetés.

— Vous avez à faire dans cette école ? ai-je demandé à l'homme en me tournant vers lui.

— Non. Je jetais seulement un coup d'œil, d'ici, au réfectoire.

Il avait prononcé lentement ce dernier mot comme s'il avait une importance particulière, les yeux rivés sur la baie vitrée qui donnait sur l'arrière de l'école.

— Le réfectoire ?

— Oui.

Il acquiesça.

Il y avait bien un réfectoire de l'autre côté de la baie vitrée. Le déjeuner venait apparemment tout juste de se terminer, car on y faisait la vaisselle. D'énormes paniers semblables à des cages, remplis d'assiettes, de bols et de cuillères, se succédaient sur un tapis roulant pour être lavés. Le rythme de défilement était aussi souple que sur un manège de chevaux de bois dans un parc d'attractions. Par endroits, il y avait des douches identiques à celles qu'on trouve dans les piscines, où les paniers s'arrêtaient quelques secondes. Ils disparaissaient alors sous les jets liquides provenant de quatre directions. Puis, à un moment donné, le jaillissement s'interrompait et le panier, tout brillant de gouttelettes, se remettait à progresser dans la chaîne.

— Il aime beaucoup cet endroit et ne se lasse pas de regarder.

— Je me demande ce qui peut l'intéresser.

— Je ne sais pas. Les enfants sont parfois fascinés par des choses bizarres.

Je crois que c'est à ce moment-là que l'homme a souri pour la première fois. Bien sûr, il ne s'agissait pas de ce sourire caractéristique des marchands de religion, mais de quelque chose de beaucoup plus rudimentaire. C'était incontestablement un sourire, mais l'intensité du regard qui l'accompagnait le rendait aussi fragile qu'une fleur de cerisier.

— Je me demande quel lien peut avoir un enfant aussi petit et aussi mignon avec un réfectoire.

— Il existe peut-être un circuit étrangement complexe dont nous n'avons pas idée, murmura l'homme. L'enfant, qui s'était progressivement habitué au chien, s'amusait à lui tirer la queue et à grimper sur son dos. Les yeux fermés, Juju se laissait faire.

Dans le réfectoire, le lavage continuait tranquillement. Des employés en blouse blanche, avec un masque et un calot, allaient et venaient entre les tapis roulants. Certains veillaient à l'orientation des jets d'eau, tandis que d'autres plaçaient dans le séchoir la vaisselle arrivée en bout de chaîne. Ils travaillaient rapidement et en silence, et les machines, le sol et les vitres étincelaient de propreté. L'endroit tenait plus de l'usine bien agencée pour un bon rendement que d'un réfectoire.

— Finalement, il vaut mieux voir un réfectoire le matin, dit l'homme.

— Vous croyez ?

Nous étions adossés à la vitre, l'un à côté de l'autre.

— Cela ne fait aucun doute. Le travail du matin est bien plus complexe et varié.

Puisqu'il faut préparer le repas de plus de mille personnes. Mille petits pains, mille beignets de crevettes, mille tranches de citron, mille bouteilles de lait... Vous pouvez imaginer ça ?

J'ai secoué la tête.

— Une telle quantité d'ingrédients peut laisser rêveur plus d'un adulte.

Il a essuyé la buée sur la vitre avec sa main. Elle était si près de moi que mon souffle aurait pu l'effleurer. Ses doigts étaient longs et souples.

— Mille oignons, dix kilos de beurre, cinq litres d'huile à salade, cent paquets de spaghettis y disparaissent en un clin d'œil. Tout est parfaitement calculé. On a introduit ici le matériel le plus performant, il suffit donc d'enclencher le programme concernant les beignets de crevettes – je crois que la salle des commandes se trouve à l'étage – pour que les machines se mettent en route. Ce sont aussi des machines qui décortiquent les crevettes et les ouvrent en deux. C'est incroyable, vous ne trouvez pas ?

Il m'a jeté un coup d'œil avant de reporter son regard vers le réfectoire.

— Les belles crevettes, toutes pareilles, arrivent bien étirées sur la chaîne. A un certain endroit, un couteau descend qui leur fait une belle entaille dans le dos. Il ne dévie jamais d'un pouce. Le mouvement se répète à l'infini sur un rythme identique. Au point d'en avoir le vertige à force de regarder. Aux étapes suivantes, elles sont trempées dans la farine, l'œuf et la chapelure. Il n'y a aucun gaspillage au cours de cette opération. Tout est calculé pour qu'elles soient recouvertes uniformément. Pour finir, elles plongent dans la friture. Avec autant de docilité que si elles avaient été hypnotisées. Puis elles sont remontées d'un seul coup, au bout d'un temps merveilleusement déterminé, et se retrouvent toutes dorées à souhait, sans que l'une ou l'autre ne le soit trop ou pas assez.

Il a cligné doucement des yeux. Le lavage se poursuivait toujours. Personne ne faisait attention à nous. De la salle de musique nous parvenait cette fois-ci le son de la clarinette et du triangle.

— Votre explication est claire. Je vois très bien maintenant les mille crevettes transformées en beignets alignés au bout de la chaîne.

— C'est une bonne chose, m'a-t-il répondu, et il a effleuré ses cheveux. Un parfum de cosmétique pour hommes évoquant la pureté de la fraîcheur de la mer a flotté légèrement jusqu'à moi.

— Mais je me demande jusqu'à quand ça va durer, ce travail.

Les paniers arrivaient toujours l'un après l'autre.

— Jusqu'à ce que les enfants sortent de l'école.

— C'est de l'eau qui sort des jets ?

— Le premier contient du détergent. Mais tous les autres servent à rincer. Ils sont orientés différemment pour qu'aucun endroit ne soit oublié.

— Vous êtes bien au courant, dites-moi. On dirait un critique spécialisé dans les réfectoires.

— Mais non.

Il a esquissé un sourire timide. Tout juste un peu plus prononcé que celui qu'il avait eu un peu plus tôt.

— Cela fait près d'un mois que je me trouve dans le quartier, et je viens ici quotidiennement, vous savez. Quand mon fils est de mauvaise humeur, ou quand je n'ai plus envie de continuer. Il n'y avait pas de réfectoire dans l'école primaire du quartier où j'étais avant, et je n'aimais pas ça. Sur ce point, ici c'est magnifique. De tous les réfectoires que nous avons connus jusqu'à présent, c'est celui qui vient en premier.

Aucune réponse appropriée ne me venant à l'esprit, je me suis contentée d'acquiescer. Car je n'avais jamais réfléchi aux différents niveaux que pouvaient atteindre les réfectoires.

J'ai demandé, en choisissant bien mes mots :

— Vos activités, qu'il s'agisse de démarchage ou de prosélytisme, vous entraînent dans différents quartiers ?

— Oui, on peut dire ça comme ça, a-t-il répondu de manière ambiguë.

Il semblait moins bavard, soudain, pour parler de son travail. J'ai pensé qu'il était sans doute plus familier du mot réfectoire que du mot détresse.

Le garçon, satisfait d'avoir caressé Juju, est venu se placer entre nous deux. Son gilet, au niveau du torse, était parsemé de poils. Chaque poil brillait faiblement dans les rayons du soleil.

— Dis papa, c'est quoi le menu de demain ? lui a-t-il demandé en le prenant par la main et en se frottant contre lui.

— Des hamburgers, on dirait.

— Pourquoi ?

— J'ai vu qu'on sortait du hangar la machine à hacher la viande, tu sais, celle qui ressemble à une grosse machine à faire de la glace pilée. C'est pour ça que j'en suis à peu près sûr.

— Ah, tant mieux.

L'enfant a sautillé deux ou trois fois sur place, tandis que l'homme essuyait de nouveau la buée sur la vitre. J'ai fixé longtemps leur profil qui se reflétait dessus.

Les préparatifs avançaient petit à petit. Des amis nous firent parvenir en cadeau un dessus-de-lit, des assiettes blanches prirent place sur les étagères, et les travaux de branchement de la machine à laver furent terminés. Tous ces objets attendaient avec une patiente modestie le commencement de notre nouvelle vie.

Mon fiancé est venu le dimanche pour installer un étendoir. De deux morceaux de bois qu'il s'était procurés pour pas cher, il a fait des pieux qu'il a plantés en creusant deux trous profonds dans le jardin. Il a posé dessus une perche de bambou qu'il a polie à coups de lime, réalisant ainsi un magnifique séchoir. Satisfaits du résultat, nous sommes restés un moment assis sur la véranda à le contempler.

Comme nous n'avons pas les moyens de faire installer le téléphone, nous sommes obligés de communiquer par télégrammes. A côté des choses importantes telles que : "Rendez-vous samedi prochain dix heures pour la préparation de la cérémonie à l'église", ou "Dépêche-toi d'effectuer le changement de domicile", il y a eu aussi un télégramme d'un seul mot, "Bonsoir". Le jour où il est arrivé, j'ai d'autant plus été remuée que je m'apprêtais justement à me coucher. Debout en pyjama dans l'entrée plongée dans la pénombre, j'ai relu la ligne au moins cinquante fois. Chaque lettre venait s'incruster au plus profond de moi. Dérangé dans son sommeil, Juju a entrouvert les yeux et m'a lancé un regard morne.

Depuis cette rencontre, j'ai pris l'habitude, quand je me promène avec Juju, de marcher sur la digue qui surplombe l'entrée secondaire de l'école. Mais malgré les divers bruits provenant de la salle de musique, de la cour ou de la mer, je n'y ai jamais vu personne.

J'ai eu beau épier les vitres du réfectoire du sommet de la digue, je n'ai rien pu voir. Elles étaient opacifiées par un corps gazeux, buée ou fumée, je ne saurais dire. Une fois, j'ai aperçu garé près de l'entrée un camion portant une marque de poulet à rôtir. J'ai continué à marcher sur la digue avec Juju en imaginant sur la chaîne les poulets, ailes et pattes écartées, les yeux vides levés au ciel, qui par le fait d'une mécanique bien calculée se transformaient l'un après l'autre en morceaux de poulet frit.

Finalement, je les ai revus un soir, environ dix jours après les explications sur le processus de fabrication des beignets de crevettes.

Le soleil donnait à la mer une couleur caramel. Tout, les vagues, les bateaux et le phare, était pris dans cette couleur. La tiédeur des rayons du soleil était emportée par le vent. Les herbes de la digue bruissaient.

Ils étaient assis l'un à côté de l'autre sur des cartons abandonnés près de la vitre du réfectoire. L'enfant, qui portait un chaud bonnet de laine à pompon, balançait les jambes. L'homme, la tête dans les mains, regardait au loin.

C'est Juju qui les a vus en premier. Il a agité la queue avant de descendre en faisant la culbute.

— C'est Juju ! cria l'enfant d'une voix fraîche et perçante, en sautant du carton sur lequel il était juché. Le pompon se balançait sur le sommet de sa tête.

— Bonjour.

J'étais essoufflée d'avoir couru.

— Hello.

Il avait toujours son sourire.

Les cartons sur lesquels ils s'étaient assis avaient contenu des carottes. Un dessin vermillon évoquant avec fraîcheur des carottes bien mûres était imprimé sur le couvercle. Divers autres cartons s'entassaient, de calamars congelés, de crèmes caramel, de maïs ou de sauce Worcestershire.

Les écoliers étaient déjà rentrés chez eux, car on n'entendait ni musique, ni cavalcade. La cour, où s'allongeait l'ombre du bâtiment scolaire, semblait baigner dans un océan de calme. Trois lapins étaient pelotonnés dans un coin de leur clapier.

Il n'y avait personne non plus dans le réfectoire. La vitre d'habitude embuée était nette et transparente, et permettait de voir des détails aussi insignifiants que l'éclat de l'acier inoxydable des étagères à vaisselle, le dessin du col des blouses blanches accrochées au mur, ou encore la couleur du bouton de mise en route de la chaîne.

— On dirait que le travail d'aujourd'hui est complètement terminé, ai-je dit après avoir jeté un coup d'œil, en venant m'asseoir à côté de lui.

— Oui, il n'y a pas longtemps, a-t-il répondu.

Juju sautait en tirant sur sa chaîne dans la petite flaque de soleil qui restait, tandis que le petit garçon tournait autour en essayant de lui attraper la queue. En face d'eux, le soleil couchant s'apprêtait à plonger dans la mer. Des mouettes volaient sans arrêt entre les mâts du port de plaisance désert.

— Excusez-le d'embêter votre chien.

— Mais non, regardez comme Juju est content.

— Depuis quand l'avez-vous ?

— Cela va faire dix ans. J'ai passé une moitié de ma vie avec lui. Alors, il occupe une place importante dans la plupart de mes souvenirs. C'est comme des photos avec la date imprimée dessus. Il suffit que je me rappelle sa taille ou le motif de son collier pour que ce qui se passait à l'époque me revienne automatiquement à l'esprit.

— Je vois.

Il a donné un coup de pied dans une pierre du bout de sa chaussure toute simple en cuir marron.

Ensuite, nous avons parlé un moment au sujet des chiens. Je lui ai raconté ma découverte d'un chenil dans une station thermale au fin fond des montagnes, et la grossesse nerveuse d'un bichon maltais qui habitait autrefois près de chez moi. Il m'a posé toutes sortes de questions, hochant la tête avec intérêt en souriant de temps en temps.

— Quand je vois un réfectoire le soir, cela me fait penser à une piscine sous la pluie.

Au moment où il a prononcé ces mots, après un silence alors que nous avions épuisé le sujet des chiens, je n'ai pas du tout compris ce qu'il voulait dire. Cela m'a fait l'effet d'un vers extrait d'un poème contemporain ou d'une de ces phrases qui ponctuent les contes de notre enfance.

— Une piscine, sous la pluie ? ai-je répété, en insistant sur chaque syllabe.

— Oui, une piscine sous la pluie. Vous n'avez jamais nagé dans une piscine sous la pluie ?

— Eh bien… J'ai l'impression que oui, mais je me trompe peut-être.

— Quand je pense à une piscine sous la pluie, je suis pris d'une nostalgie difficilement supportable.

Les nuages dessinaient dans le ciel des motifs flous de couleur rose. Le soir qui venait de la mer s'installait entre nous. Son profil était proche. J'en suivais le contour du regard, et je pouvais sentir directement son souffle, les battements de son cœur et la température de son corps. Il a eu une petite toux et a effleuré de l'index quelques cheveux sur sa tempe avant de continuer :

— Comme je ne savais pas nager, l'heure de piscine à l'école primaire était très difficile pour moi. A tel point que je peux dire que c'est là que j'ai eu un avant-goût des épreuves qui m'attendaient à l'âge adulte. La peur, tout d'abord. L'eau qui aurait dû couler tranquillement, dès lors qu'elle remplissait un récipient appelé piscine, pesait de tout son poids sur le corps jusqu'à l'étouffer. C'est terrifiant. La honte, ensuite. Ceux qui ne savaient pas nager étaient affublés d'un bonnet de natation rouge. Ils flottaient isolés au milieu des bonnets ordinaires blancs à rayures noires. Puisqu'on ne savait pas nager, ils flottaient çà et là sur l'eau. Je mettais toute mon énergie à montrer que je savais nager. Je souhaitais ardemment me faire remarquer le moins possible. C'est de la piscine que je tiens cette volonté farouche.

Il a inspiré profondément avant de fermer les yeux. Après avoir joué son content, Juju était allongé de tout son long, le museau appuyé sur les pattes de devant, tandis que l'enfant était accroché à son cou comme s'il se prélassait sur un canapé.

— Et le spectacle de la piscine par mauvais temps était encore plus désolant. La pluie qui avait mouillé le rebord n'en finissait pas de sécher et formait des taches sombres. La surface de l'eau, sous l'action des gouttes qui tombaient, semblait être agitée par une multitude de petits poissons attendant leur nourriture. Je m'y immergeais lentement. Autour de moi, les élèves de ma classe s'éloignaient les uns après les autres à la nage. Des gouttes de pluie mêlées d'éclaboussures tombaient sur mes épaules et mon dos si fragiles. A cette époque, j'étais de constitution assez délicate. Bien sûr, mes côtes et mes clavicules étaient saillantes, mais aussi mes hanches et même mes fémurs. Mon maillot de bain plissait lamentablement au niveau des fesses. J'avais froid quand il pleuvait, même en été. A la pause, je tremblais derrière le robinet qui sert à se rincer les yeux. J'avais l'impression que les os de mon corps s'entrechoquaient. Quand l'heure de piscine se terminait enfin et que j'enlevais mon bonnet de bain, mes cheveux étaient régulièrement teintés de rouge.

Après s'être tu pendant un moment, il a repris, en déchirant le papier adhésif qui restait sur le carton :

— Je suppose que cette histoire ne vous intéresse pas.

— Mais si, lui ai-je répondu franchement. Vous n'en êtes encore qu'à la piscine sous la pluie et vous n'êtes toujours pas arrivé au réfectoire le soir, n'est-ce pas ? Alors soyez responsable et allez jusqu'au bout !

Nous nous sommes regardés en riant à voix basse. Dans le clapier, l'un des lapins nous regardait en mastiquant une feuille de chou.

— On ne me persécutait pas forcément parce que je ne savais pas nager. Non, je n'ai aucun souvenir de ce genre. En fait, c'est un problème qui me concerne personnellement. Je crois que tout le monde fait au moins une fois dans sa vie l'expérience d'une sorte de rite de passage qui lui permet de se mêler au groupe, et il se trouve que par hasard cela m'a pris beaucoup de temps. Je suis sûr que c'est ça.

— Il me semble que je comprends, ai-je dit sans quitter des yeux son profil. Le soleil couchant était venu doucement l'envelopper.

— Et quand je vois un réfectoire le soir, c'est l'angoisse de cette époque où le rite de passage a pris si longtemps qui me revient. Mais cela n'explique rien, n'est-ce pas ?

Il a baissé la tête, et donné encore une fois un coup de pied dans un caillou. La vitre du réfectoire commençait à s'embuer légèrement. La chaîne, à l'arrêt, formait un cordon de silence. Les jets d'eau, les paniers entassés dans un coin, le fond des récipients rangés sur les étagères, tout était sec. Pas le moindre reste qui aurait pu faire penser à un repas animé de réfectoire.

Les yeux fixés sur le réfectoire si calme qu'il en était froid, je me suis représenté le bruit de la pluie tombant sur le toit de tôle ondulée des vestiaires, des jambes frêles s'agitant au fond de la piscine comme des poissons sur le point de mourir, et un garçon tremblant en silence, ses cheveux rougis dissimulés sous une serviette de bain.

Ces images se découpaient à la suite sur la vitre du réfectoire.

Il a ajouté :

— C'est à la même époque qu'un autre phénomène important a fait son apparition. Je ne pouvais plus manger.

— Ah, et pourquoi ?

— Peut-être à cause de plusieurs raisons, les complexes dont je souffrais, mon caractère timide, ma famille et que sais-je encore ? Mais la cause directe en a été le réfectoire.

— Nous y arrivons enfin.

— Oui. Un jour j'y ai jeté un coup d'œil en fin de matinée. Je ne sais pas pourquoi j'étais là à une heure pareille, ni ce qui s'était passé avec les cours, mais le fait est que je me suis retrouvé dans l'entrée de service du réfectoire à un moment où tout le monde était occupé à la préparation du repas. Jusqu'alors, je n'y avais jamais vraiment prêté attention…

J'écoutais attentivement, n'ayant aucune idée du tour qu'allait prendre la conversation.

— Comme cela date d'il y a vingt-cinq ans, le réfectoire était complètement différent de celui-ci. Il était en bois, vieux, sombre, exigu. On aurait dit une étable. Je m'en souviens encore très bien. Il y avait au menu de la blanquette et de la salade de pommes de terre. Le premier choc a été l'odeur. Une odeur comme je n'en avais jamais sentie jusqu'alors, lourde et étouffante. Cela aurait pu être n'importe quel effluve tout bêtement désagréable. Mais la différence essentielle se trouvait dans le fait que l'odeur de la nourriture que j'allais manger était imprégnée de celle du réfectoire. Les odeurs générées par une grande quantité de blanquette et de salade de pommes de terre fusionnaient avec celle du réfectoire avant d'être dénaturées par la fermentation.

Je me suis enfoncée dans mon carton. Juju avait dressé ses oreilles pointues. L'enfant, toujours accroché à Juju, ne bougeait pas comme s'il s'était réellement endormi.

— Le spectacle qui se déroulait sous mes yeux dépassait tellement l'imagination, malgré son aspect vivant et concret, qu'il en devenait irréel. Les femmes qui travaillaient là avaient toutes de l'embonpoint et leurs chairs débordaient disgracieusement de leurs manchettes et de leurs bottes en caoutchouc. Leur corpulence était telle que, plongées dans une piscine, elles auraient sans doute flotté sans aucun problème. L'une d'elles brassait la blanquette avec une pelle. Une pelle en métal comme celles qu'on utilise pour les travaux de voirie. La grosse femme, le visage rouge et luisant, remuait sa pelle, un pied sur la bordure de l'énorme récipient, comme si elle s'était trouvée au bord d'un lac. Dans le ragoût blanchâtre apparaissaient et disparaissaient la pelle rouillée, la viande filandreuse, les oignons et les carottes. Le récipient voisin était rempli de salade. Une autre femme était dedans, à piétiner les pommes de terre pour les écraser. Avec ses bottes de caoutchouc noir. A chaque piétinement, elle laissait dans la pomme de terre l'empreinte de ses semelles. En se superposant, celles-ci finissaient par constituer des dessins alambiqués.

Il a toussé avant de poursuivre :

— J'étais figé sans même cligner des yeux. J'aimerais bien pouvoir dire le sentiment que j'ai éprouvé alors, mais je n'y arrive pas. S'il s'agissait d'une scène pouvant être expliquée avec des mots ordinaires exprimant la peur ou le dégoût, je l'aurais certainement oubliée depuis longtemps. Mais avant d'être envahi par des sentiments, j'ai été happé par des images étranges de vapeur tiède et tremblante, de gouttes de blanquette tombant du bout d'une pelle, ou de marques de bottes s'enfonçant dans la pomme de terre écrasée.

— C'est à la suite de ça que vous ne pouviez plus manger ? lui ai-je demandé tranquillement, comme pour vérifier la ligne conductrice de son histoire. Il a acquiescé.

— Le bruit de la vaisselle en Alumite qui s'entrechoque ou de la cavalcade dans le couloir des responsables de la cantine suffisait à me restituer chacune de ces scènes. J'étais dans un état épouvantable. Pour moi, la cantine avait maintenant la même signification que la piscine. De la même manière que mon corps s'enfonçait malgré mes battements de bras et de jambes, j'avais beau essayer de me forcer à avaler les repas à la cantine, j'en étais empêché par les grosses femmes, la pelle et les bottes de caoutchouc. Un matin, incapable de le supporter davantage, je ne suis pas allé à l'école, et j'ai marché au hasard dans les rues avec mon cartable sur le dos. C'était justement un jour où nous devions aller à la piscine. Je marchais en donnant des coups de genou dans le sac en plastique qui contenait mon maillot de bain et mon bonnet rouge. J'ai eu moi-même l'impression d'avoir déambulé assez longtemps. Mais en réalité, mon grand-père m'a retrouvé au bout de deux heures.

— Alors il vous a ramené à temps pour la cantine.

— Non, justement. Mon grand-père n'était pas du tout en colère et je crois qu'il n'avait aucunement l'intention de me ramener à l'école. C'était un ancien tailleur plutôt doué, qui s'est mis à boire après sa retraite, semant le trouble autour de lui, si bien que la famille le considérait comme un gêneur. Il se battait, dormait au bord de la route, détruisait les panneaux de signalisation. Alors ce jour-là, il n'était pas particulièrement à ma recherche, il marchait au hasard, ayant bu depuis le matin. Il a semblé surpris de me trouver là, puis il a dit que c'était une bonne occasion, qu'il allait me montrer un endroit secret, et m'a entraîné encore plus loin.

Je n'étais pas très à l'aise avec ce grand-père dont l'haleine était chargée de saké et les mains, sous l'effet de l'alcool, rêches au toucher. Mais ce jour-là, je me suis collé à lui et je l'ai suivi, serrant sa main très fort. Il tenait une canette de bière et marchait en buvant une gorgée de temps en temps.

Nous sommes arrivés aux abords d'une zone d'entrepôts dans les faubourgs de la ville et j'ai aperçu les ruines d'un bâtiment à structure métallique terriblement vieux. "C'est là", m'a dit mon grand-père en me le montrant avec sa canette. Cela ressemblait à une vieille usine désaffectée. Les plaques métalliques des murs, des portes et du toit étaient arrachées un peu partout et l'on sentait à l'intérieur le vent la traverser de part en part. En levant les yeux, on voyait par endroits des morceaux de ciel qui semblaient avoir été découpés aux ciseaux.

Sur le sol il y avait au moins trois centimètres de poussière mélangée à de la rouille. Cela crissait sous les pieds au moindre mouvement. Et il y avait tout un bric-à-brac par terre. Des écrous hexagonaux ou quadrangulaires, des ressorts, des piles électriques, des bouteilles de limonade vides, une Katioucha en celluloïd, un ocarina, un thermomètre… Tout un tas de choses tombées sur le sol sommeillaient là.

Il y avait en outre plusieurs machines d'apparence robuste. Elles aussi étaient couvertes de poussière et de rouille. Il y avait même un panneau échoué un peu plus loin, qui vantait les mérites de la propreté et de la sécurité avant tout.

“Mets-toi là”, m'a dit mon grand-père en me faisant asseoir sur le socle d'une machine d'où dépassaient des leviers et des boutons de commande. On aurait dit une grosse presse ou un vieux modèle d'essoreuse, mais en tout cas, elle n'était rien d'autre qu'un gros bloc de métal qui ne donnait pas l'impression d'être sur le point de se mettre en marche. J'ai accroché mon sac plastique à l'un des leviers.

Mon grand-père, sa quantité de bière diminuant, jetait de temps en temps un coup d'œil par l'ouverture de la canette et buvait sur un rythme de plus en plus lent.

“Tu sais ce qu'on fabriquait ici autrefois ?”

Quand il parlait, un peu de mousse s'échappait de ses lèvres. J'ai secoué la tête avec énergie, soulagé parce qu'il ne me demandait pas de justifier mon absence de l'école.

“Du chocolat”, m'a-t-il répondu avec satisfaction.

“Du chocolat ?”

“Oui, on verse du cacao, du lait et du sucre dans la machine que tu vois là-bas dans le coin, et on mélange le tout pour fabriquer la pâte liquide de chocolat. Quand celle-ci arrive à la machine suivante, elle a un peu refroidi et elle est devenue comme du caramel mou, et quand enfin elle passe sous ce rouleau, elle se transforme en une énorme plaque de chocolat.”

Mon grand-père donnait des petits coups de pied contre le socle sur lequel j’étais assis.

“Une plaque gigantesque, tu sais, qui se déroule sur la largeur de deux tatamis tant que la machine est en marche. Et ce n’est rien que du chocolat.”

“C’est vrai ?”

J’étais tout excité par cette histoire qui présentait le chocolat comme dans un conte de fées.

“Oui, et si tu crois que je mens, tu n’as qu’à sentir.”

Je me suis mis debout sur le socle et j’ai approché mon visage du rouleau. J’avais les yeux mi-clos pour mieux humer. Immobile, les deux mains posées sur le rouleau, j’étais merveilleusement bien, baignant dans quelque chose de grand. Au-delà du ciel stridulaient des cigales.

Au début, je n’ai senti qu’une odeur métallique. Une odeur terne, sans onctuosité. Mais j’ai insisté, les yeux toujours à moitié fermés, et un parfum doux, plein de tendresse, est arrivé d'un monde lointain jusqu'à moi, comme dans un rêve.

"Alors ?" demandait mon grand-père.

"C'est vrai, tu as raison."

Je suis resté encore un peu appuyé contre le rouleau poussiéreux.

"Si tu as envie de manger du chocolat, tu peux venir ici n'importe quand. Ce rouleau en a tellement fabriqué que ce n'est pas parce que tu viendras le sentir de temps en temps que cela lui fera quelque chose."

Mon grand-père, qui venait de terminer sa bière, a jeté la canette vide sur le sol. Elle a produit un son creux avant de se mêler au bric-à-brac existant. Je me suis rendu compte qu'il n'avait plus d'argent pour s'acheter de l'alcool. On ne lui en donnait jamais assez de peur qu'il ne boive trop. J'ai pris dans mon cartable l'enveloppe contenant l'argent du voyage de classe que j'aurais dû donner au maître ce jour-là.

"Tu peux acheter du saké avec ça."

Je lui tendais l'enveloppe, toujours assis sur le socle. Mon grand-père m'a dit merci en plissant le bord de ses yeux rougis.

Quand sa longue, très longue histoire s'est terminée, le soir était venu nous envelopper de sa pénombre. Les contours de son profil s'apprêtaient à être aspirés au fond de l'obscurité. Le petit garçon appuyé contre Juju était immobile et silencieux, pareil à une ombre.

J'avais envie de lui dire quelque chose, et cela me pesait douloureusement sur la poitrine. J'avais l'impression que si je restais silencieuse, son profil allait réellement disparaître.

— Il n'y a pas de suite à cette histoire ? ai-je dit en prononçant chaque mot avec précaution.

— Non.

Les cheveux de sa frange tremblaient imperceptiblement.

— Mais comment ça s'est passé par la suite au réfectoire et à la piscine ?

— C'est très simple à expliquer. Ensuite, j'ai tout bêtement appris à nager. Puis mon grand-père est mort d'une tumeur maligne. C'est tout.

Nous nous sommes levés après un moment de silence passé à contempler la tombée du jour. Le temps resté en suspens reprenait soudain son cours, et il y eut un coup de vent.

— Allez, on rentre.

L'enfant ouvrit les yeux en entendant son père et battit plusieurs fois des paupières comme s'il voulait voir la suite de son rêve. Juju lui caressa la joue du bout de sa queue.

— Vous croyez que nous nous reverrons un jour par ici ?

J'ai pris la chaîne de Juju dans ma main.

— A partir de demain, je suis affecté à un nouveau secteur. Dans un quartier plus important au pied de la montagne.

Il a pris la main du petit garçon qui arrivait en courant.

— Nous devons dire adieu au réfectoire.

De l'autre côté de la vitre, celui-ci était en train de disparaître lentement, comme s'il s'engloutissait dans un marais.

— Ce serait bien s'il y en avait un beau là où vous allez.

Au lieu d'acquiescer, il a souri avant de me dire au revoir.

L'enfant a agité la main en direction de Juju, tandis que le pompon de son bonnet oscillait.

— Au revoir.

Moi aussi, j'ai agité la main.

Ils se sont éloignés dans le peu de lumière qui restait. Nous les avons regardés partir, Juju et moi, jusqu'à ce qu'ils ne fussent plus qu'un point avant de disparaître au loin. J'ai eu envie, soudain, de relire encore une fois le télégramme qui me disait bonsoir. Le toucher du papier, la forme de l'écriture et l'air nocturne me revenaient d'un coup, sans qu'il y ait eu de signe avant-coureur. J'avais l'irrésistible envie de le lire et de le relire jusqu'à ce que les syllabes du mot soient entièrement liquéfiées. J'ai serré fermement la chaîne et je me suis mise à courir dans la direction opposée. Elle serait à tout jamais froide au creux de ma main.

UN THÉ QUI NE REFROIDIT PAS

Cette nuit-là, j'ai pensé pour la première fois à la mort. La nuit était froide, le vent glacial et cinglant. Jusqu'alors, je n'y avais jamais réfléchi d'une manière aussi méthodique.

Et pourtant, il y avait déjà eu plusieurs décès autour de moi.

A l'époque de l'école primaire, les poissons tropicaux que j'élevais avec mon petit frère mouraient fréquemment et facilement. En général, nous découvrions leur cadavre le matin. Je savais qu'il y en avait un de mort à la manière dont mon frère, qui se levait plus tôt que moi, m'appelait. Il me demandait de venir vérifier qu'il était bien mort avant de récupérer dans le creux de sa main le cadavre qui flottait à la surface.

Les cadavres de poissons tropicaux, guppy ou *angelfish*, sont plutôt beaux. Leur corps brille avec éclat au moment où on les sort de l'eau vaguement troublée par les restes de nourriture et les plantes aquatiques verdâtres. Le rouge ou le bleu sont aussi frais que s'ils sortaient tout droit d'un tube de peinture. Dans la petite main de mon frère, ils fixaient l'espace d'un œil humide.

Nous les enterrions toujours au pied du fusain du jardin. Suivant la saison, il arrivait qu'il soit couvert de modestes fleurs blanches ou de fruits rouges et durs. Je creusais un trou avec une pelle, mon frère y déposait le poisson. Le moment le plus pénible était quand on le recouvrait de terre. J'étais un peu triste de voir la terre noirâtre tomber sur la nageoire dorsale, le ventre et les branchies lisses et frais.

Mon frère était d'autant plus innocent qu'il était plus jeune que moi. Il me posait des tas de questions difficiles en me regardant avec des yeux limpides.

— Pourquoi est-ce qu'on ne bouge plus quand on est mort ?

— Pourquoi est-ce que la mort nous rend triste ?

— Où va-t-on quand on meurt ?

J'étais incapable de trouver une réponse correcte à toutes ces questions. Il me semble que je lui répondais alors :

— Quand on meurt, on va au paradis, c'est pour ça qu'on ne bouge plus et qu'on est triste.

Mon grand-père est mort quand j'étais encore plus jeune. C'est un événement si lointain qu'il constitue mon premier souvenir.

On m'avait demandé d'aller acheter de l'alcool pour faire la toilette de son corps. A la pharmacie du quartier, un rideau jauni masquait la vitre de l'entrée, et à l'intérieur, il faisait toujours froid comme les soirs d'automne. Il y régnait aussi une odeur de poussière âcre.

Mais ce que je supportais le moins, c'était la planche anatomique accrochée au mur et le modèle en relief du cerveau humain posé sur le comptoir. La silhouette de l'homme coupé longitudinalement (j'avais conscience de son pénis, et pourtant j'étais encore toute petite) me dominait de toute sa hauteur. Alors que la planche elle-même était assez vieille au point que, les coins étant fixés par des punaises, la bordure se gondolait, les organes eux-mêmes étaient aussi frais que si on venait tout juste de les avoir repeints. D'ailleurs, on avait presque l'impression de sentir l'odeur de l'encre d'imprimerie.

Les organes, peints en relief avec diverses nuances de rouge, me faisaient penser à la chair de certains fruits. Fraise, nèfle ou tomate, par exemple. De la chair un peu trop mûre, qui aurait commencé à s'altérer. En apercevant les ramifications pulmonaires, les petites granulations du foie ou les bosses enchevêtrées des intestins, ma langue devenait pâteuse, tandis que ma bouche se remplissait de salive.

Le cerveau quant à lui se trouvait à l'endroit précis où le client l'avait obligatoirement dans son champ de vision. Je clignais lentement des yeux pour faire en sorte de ne pas avoir à le regarder.

Je ne comprenais pas pourquoi de telles choses étaient nécessaires dans une pharmacie. Des caractères sophistiqués s'alignaient sur le socle de la maquette. C'était certainement le cadeau d'un quelconque laboratoire pharmaceutique. Mais, à l'époque, je croyais que la pharmacienne en faisait collection par goût. Et elle me faisait d'autant plus peur qu'elle s'entourait de ces choses effrayantes.

Le modèle était coupé verticalement derrière les deux oreilles. A gauche, on voyait la cervelle, tandis que sur la coupe de droite s'étendaient les vaisseaux rouges et bleus. La matière grise était molle et translucide comme la chair d'une grosse limace. La lumière du tube fluorescent éclairait les sillons, faisant apparaître le cerveau d'une manière encore plus crue. En comparaison, la couleur des vaisseaux, trop criarde, n'avait aucun lien avec la réalité. On avait l'impression d'un enchevêtrement de fins spaghettis colorés artificiellement en deux teintes différentes.

J'étais écœurée à la pensée que la limace et les spaghettis se trouvaient également à l'intérieur de ma tête. D'ailleurs, en la secouant, je croyais entendre un bruit trahissant la viscosité. Afin de le supprimer, j'ai demandé, à haute et intelligible voix :

— De l'alcool, s'il vous plaît.

La pharmacienne était grande et grosse. Pour moi, dont le visage arrivait à peine à la hauteur du comptoir, apercevoir son menton qui pendait lourdement ou ses grosses mains saisissant la monnaie suffisait à me terrifier.

— Pour quoi faire ? a-t-elle demandé en me dévisageant par-dessus la maquette du cerveau. Comme je ne m'attendais pas à cette question, j'ai baissé la tête, ne sachant comment réagir.

— L'alcool, c'est dangereux, tu sais. On ne peut pas le vendre aussi facilement à une petite fille comme toi. S'il y avait un accident, c'est moi qui serais tenue pour responsable.

Elle était assise immobile, massive comme de l'argile.

Si cela avait été une course ordinaire, je crois que j'aurais pu le supporter. Mais ce jour-là était vraiment spécial. La mort d'un grand-père n'a lieu tout au plus que deux fois dans une vie, et c'était le cas pour moi ce jour-là. C'était déjà assez pénible comme ça. C'est pourquoi la froideur de ses paroles et de son regard m'a blessée plus qu'elle n'aurait dû.

— Alors, cet alcool, c'est pour quoi faire ?

Elle revenait à la charge avec sa question. Tout en regardant la chair pendante de son menton se refléter sur le verre du comptoir, j'ai senti, même si je n'étais encore qu'une enfant, le poids de ma fatigue. Mon grand-père était mort et tous les adultes de la maison s'agitaient, en proie à l'énervement et au chagrin. Seul mon petit frère qui venait de naître avait l'air indifférent. Au milieu de tout cela, je me sentais épuisée. Le moindre geste, comme boire un verre d'eau, mettre mes chaussures ou respirer, m'était bizarrement pénible et difficile à effectuer.

— Je ne le saurai jamais si tu ne dis rien.

Après avoir avalé ma salive pour tenter de me calmer, je voulus lui expliquer ce qui se passait. Mais cela me semblait tellement singulier que je me demandais avec inquiétude si elle accepterait de me croire.

— Mon grand-père est mort ce matin…

Ma voix tremblait.

— … C'est pour ça qu'on veut faire la toilette de son corps. Maman a dit que le frotter à l'alcool le nettoierait.

Au fur et à mesure de mes explications, j'avais l'impression que la mort de mon grand-père venait m'imprégner d'un liquide tiède. J'ai compris alors que mes sentiments étaient tout mouillés.

— Quoi, ton grand-père est mort ? Pourquoi ne me l'as-tu pas dit plus tôt ?

Tout en me faisant ainsi des reproches, la pharmacienne a sorti une bouteille d'alcool d'une étagère derrière elle. Je l'ai prise en la tenant fermement entre mes deux mains. Le verre de la bouteille était épais, lourd et massif. Mes mains qui étaient petites n'arrivaient pas à en faire le tour à l'endroit le moins large.

A l'intérieur de mes paumes, le liquide transparent oscillait doucement. Je suis restée un instant immobile, en compagnie du menton épais de la pharmacienne, la planche anatomique, la maquette du cerveau et le rideau jauni. Je savourais avec mélancolie l'oscillation à l'intérieur de mes paumes.

Mais la mort telle que je l'ai vécue en cette nuit froide fut totalement différente de celle que j'ai approchée en recouvrant de terre le poisson tropical, ou immobile, la bouteille d'alcool entre les mains. La mort, cette nuit-là, avait des contours beaucoup plus nets. J'aurais pu la prendre dans mes mains, la soupeser, observer ses formes ou la renifler. J'avais même l'impression qu'elle aurait chuté bruyamment au cas où je l'aurais fait tomber.

C'est un condisciple de l'école secondaire qui est mort cette nuit-là.

Je n'étais pas particulièrement proche de lui. C'était juste un camarade de classe. Et nous ne nous étions jamais revus depuis plus de dix ans que nous avions quitté l'école. Lorsque j'ai appris la nouvelle de sa mort brutale par un coup de téléphone d'un ami, il m'a fallu un peu de temps pour me souvenir de son visage. Pendant que je remontais à tâtons le cours de ma mémoire, j'entendais dans le récepteur un faible grésillement, comme le bruit d'un insecte rampant.

La veillée funèbre eut lieu chez lui, dans un quartier de la banlieue proche de la mer. Au fur et à mesure que, gravissant une côte interminable, je m'approchais de la maison familiale, j'avais le sentiment que l'obscurité de la nuit devenait plus subtile. Elle était d'une pureté presque insoutenable. Il y avait des couronnes mortuaires, des rideaux noirs, des bougies et une file de gens en vêtements de deuil qui attendaient en silence. Tout était immergé dans la nuit froide.

Avec cela, il me fut impossible de penser à autre chose qu'à la mort. Le mot qui se trouvait habituellement abandonné dans un coin de mon cœur trônait maintenant en plein milieu et me dévisageait.

Il me fallut cependant un peu de détermination pour accepter la réalité de son décès. Il était bien trop jeune et il était mort d'une manière dramatique. Il roulait en voiture dans un port en compagnie d'une femme, la voiture était tombée à la mer et il était mort. Je trouvais que c'était vraiment trop simple. La voiture était tombée dans la mer à un moment isolé du temps et à cet instant il avait sauté du territoire où "il existait" dans celui où "il n'existait pas". Je pensais que cela aurait été bien s'il y avait eu un moment d'hésitation flottant entre ces deux territoires.

J'attendais mon tour dans la file d'attente pour les condoléances. Je reconnaissais çà et là avec nostalgie le visage d'autres condisciples. Tout le monde parlait à voix basse de la manière dont il était mort, de sa relation avec la femme et de la cause de l'accident.

La robe noire que j'avais extirpée du fond de mon placard sentait la naphtaline. La couleur noire de cette robe absorbait à qui mieux mieux le froid nocturne. Plus mon corps se refroidissait, plus l'intérieur de ma tête devenait limpide et calme.

A l'intérieur de ma tête limpide, je me demandais qui était celui qui se trouvait tout au bout de cette file d'attente. Corps inanimé. Cadavre de noyé. Un cadavre couvert d'algues, d'écume et de coquillages. Et quelque part dans cette même nuit, il y avait celui de la femme qui était morte en même temps que lui. Des cheveux trempés d'eau salée, des lèvres et des mollets.

Je n'avais jamais vu un cadavre de noyé. C'est pourquoi j'étais capable d'en imaginer un, grotesque, sans hésiter. La peau, boursouflée comme de la gelée, visqueuse au toucher ; la langue pointant hors d'une bouche béante, noire et affaissée comme si elle était moisie ; l'odeur de la mer imprégnant les cheveux finissant par se confondre avec celle du liquide gastrique… J'étais capable de passer une revue de détail sans m'interrompre. De plus, cela ne m'était ni pénible ni triste. Mes sentiments se succédaient avec la régularité et la sécheresse du sable s'écoulant dans un sablier.

C'était sans doute parce que je ne perdais rien à cause de sa mort. Celle-ci était inorganique. Il n'y avait aucune tristesse larmoyante. C'était propre et sec. (Il s'agissait pourtant d'une noyade.) Pendant ces dix dernières années, ce garçon n'avait été présent que dans mon souvenir. Il n'y a rien d'organique dans la mémoire. Et il est très difficile d'y effacer le souvenir d'une personne en particulier. Même si la mémoire est personnelle, il est impossible, volontairement, d'y mettre de l'ordre en brûlant ou en jetant certains souvenirs. C'est pourquoi, malgré sa mort, je m'en souvenais encore. L'obscurité de la nuit, les sanglots, le froissement des vêtements de deuil, tout cela était lié au froid. J'ai sorti un mouchoir de mon sac à main pour en couvrir mes lèvres glacées. Mais lui aussi était froid. Autour de moi, les gens ont peut-être cru que je pleurais. J'ai joint les mains très fort et j'ai prié le plus longtemps possible. Même si je ne perdais rien, la mort, sévère et calme, pesait d'une manière toujours aussi lourde au fond de mon cœur.

Finalement, j'ai quitté la veillée funèbre sans le voir une dernière fois. Je pensais que, puisque je ne connaissais pas son visage adulte, le voir maintenant qu'il s'était noyé ne pouvait qu'ajouter à ma confusion.

J'ai redescendu le chemin pour me diriger vers la gare. Les lumières de la ville se rapprochaient au fur et à mesure que s'éloignait la mort. Des petites taches de lumière se chevauchaient tout au bout de la longue pente. Encore plus loin s'étendait la longue ligne sombre de la mer. De chaque côté de la rue se succédaient de somptueuses résidences, un parc touffu, un jardin d'enfants catholique, le tout bordé d'arbres. C'était très calme.

— Bonsoir.

Quelqu'un, dans mon dos, m'interpellait. La voix était douce dans cet environnement paisible, si bien que je n'ai pas été autrement surprise. En me retournant, j'ai découvert K en habit de deuil. Lui aussi avait été l'un de mes condisciples à l'école primaire.

— Ça fait longtemps, n'est-ce pas. Tu te souviens de moi ?

— Bien sûr ! ai-je répondu aussitôt. Car, curieusement, il n'avait pas du tout changé. L'ondulation de ses cheveux, le mouvement de son regard, la courbe allant de sa nuque à ses épaules se sont superposés sans difficulté à l'image que j'avais gardée de lui. Et pourtant, j'étais bien en présence d'un adulte. Il était beaucoup plus grand que moi, ses doigts étaient osseux et vigoureux, sa cravate correctement nouée.

— Je me demande plutôt comment toi tu as pu me reconnaître.

Il a hoché la tête en baissant les yeux.

A l'école secondaire, j'étais une petite fille revêche et peu sympathique. Je n'adressais presque jamais la parole aux garçons, et je crois même que pas une seule fille ne m'a considérée comme sa meilleure amie. A cette époque, il m'était très difficile de parler, pour la moindre chose. Dans ma conversation, il y avait toujours quelque chose qui clochait. Je jetais un froid autour de moi, ma voix était trop faible, mes silences trop longs. Parler entraînait des regrets insupportables. C'est pourquoi je gardais toujours le silence, si longtemps que mes lèvres en devenaient toutes sèches. J'étais semblable à ces fleurs séchées, brunes et sur le point de tomber en poussière, oubliées pendant des mois sous l'auvent de la classe où nous les avions accrochées.

Que K se souvienne d'une fille comme moi et qu'en plus il m'adresse la parole m'a déconcertée et je me suis raidie. Nous avons descendu la côte l'un à côté de l'autre.

— Jamais je n'aurais pensé assister si jeune aux funérailles d'un camarade de classe, m'a-t-il dit en regardant ses pieds, les mains légèrement enfoncées dans les poches.

— Moi non plus, ai-je répliqué. Tu étais son ami ?

— Oui. Nous n'étions pas toujours collés l'un à l'autre, mais je l'aimais bien… Il était gentil et ça me rend triste.

Ce "ça me rend triste", qui se mêlait intimement à l'atmosphère du lieu après cette veillée funèbre, a vibré d'un réel accent de tristesse.

— Quelle a été ta première pensée quand tu as su qu'il était mort ? a-t-il questionné.

— Il me semble que j'ai d'abord essayé de me rappeler son visage. Puis, une fois que je l'ai eu bien en tête, je crois que je me suis demandé pourquoi j'étais surprise et choquée. Et toi ?

— Moi, je ne sais pas pourquoi j'ai d'abord eu une pensée idiote. J'étais obnubilé par le fait que je n'avais pas de costume de deuil, alors que cela n'avait aucune importance. Je me disais qu'il devait bien y avoir autre chose à ressentir, mais non. Bientôt, je n'avais plus que cela en tête : costume de deuil, costume de deuil, costume de deuil, costume de deuil, costumes de deuil… J'en étais rempli. Ils proliféraient et menaient la danse comme des créatures malfaisantes.

Au moment où il finissait sa phrase, j'ai réalisé que sa façon de parler n'avait pas du tout changé par rapport à autrefois.

— Ensuite ? ai-je questionné en regardant son profil.

— Je suis allé chez un ami beaucoup plus âgé que moi pour lui demander de m'en prêter un.

— Il l'a fait ?

— Oui. Très gentiment. Mais il était inquiet parce qu'il l'avait déjà porté dix-huit fois et qu'il le trouvait assez fatigué. C'est vrai qu'il était un peu satiné aux coudes et aux genoux et que la doublure n'était pas très nette, mais il me plaisait beaucoup. J'avais l'impression que tout me convenait parfaitement, son toucher, sa coupe, son lustre. Ce costume de deuil me mettait dans un état d'esprit plein de douceur et de nostalgie. Je ne sais pas trop comment expliquer cela.

Il a eu un petit soupir.

A part nous, personne ne marchait. Le bruit des voitures qui passaient de temps à autre était doux et ne déchirait pas le silence. Seuls nos pas résonnaient sur l'asphalte avec des accents joyeux.

— C'était certainement, a-t-il continué, à cause des larmes, de la douleur et du chagrin causés par ces dix-huit morts. Il me semblait que c'était ça qui l'avait adouci…

Nous descendions toujours. La pente était longue au point que je me demandais avec inquiétude jusqu'où elle allait nous mener. La lumière d'une pièce d'un appartement s'allumant avant de s'éteindre, des gouttes d'eau s'échappant d'un robinet mal fermé d'une fontaine publique et les cheveux de K ondulant dans le vent étaient les seuls signes de vie alentour. J'avais l'impression d'entendre la discrète respiration de la nuit.

— Je n'arrive pas bien à l'expliquer, excuse-moi.

Il me regardait. Son "excuse-moi" était arrivé d'une manière si inattendue que je me suis un peu affolée.

— Cela arrive souvent d'être triste de ne pas avoir réussi à dire ce qu'on ressent, alors ne t'en fais pas.

Je disais ce que je pensais sans détourner les yeux.

— ... D'ailleurs, je crois comprendre ce que tu veux dire.

— C'est vrai ?

— Oui, et ce costume de deuil te va très bien.

Il a souri et a eu un battement de paupières avec ses longs cils avant de me dire merci.

Le noir de son costume se fondait dans la nuit en oscillant au gré de ses gestes souples. Il l'imprégnait de la douce mort de dix-huit inconnus.

Les néons s'étaient rapprochés à notre insu. Nous apercevions l'avenue de la gare. Les klaxons des automobiles, les sonnettes sur les quais et la rumeur de la foule venaient troubler le calme qui avait régné jusqu'alors.

— Bon, moi je prends le bus ici, a dit K en s'arrêtant.

Nous nous sommes retrouvés face à face. Les lumières des automobiles s'écoulaient derrière lui en un flot ininterrompu. Les passants se dépêchaient sans s'apercevoir de la présence de cette mort douce que nous étions en train de partager.

— Moi, je prends le train à la gare, lui ai-je répondu en le fixant au niveau du torse pour mieux cerner les contours du mort qui se trouvait entre nous.

— J'aurais voulu en savoir plus à propos de ce que tu es devenue maintenant…

— Il n'y a rien à dire de spécial. Je travaille tout bêtement comme secrétaire. Mais je suis contente d'avoir pu parler avec toi aujourd'hui. Rentrer seule dans le silence à la maison après une veillée funèbre c'est finalement assez triste, et même si nous ne nous adressions pas la parole à l'école, le seul fait d'avoir été dans la même classe nous a permis de parler beaucoup comme des amis, c'est bizarre, mais en même temps je suis vraiment contente.

— Ça t'ennuierait de me donner tes coordonnées ?

Il a sorti de sa poche une pochette d'allumettes et un stylo.

— Non, pas du tout.

J'ai inscrit mon numéro de téléphone sur un coin de la pochette qui provenait d'un restaurant italien. Il l'a remise avec soin dans sa poche.

— Alors bonsoir, m'a-t-il dit, une main légèrement appuyée sur le panneau horaire de l'arrêt de bus, avec le regard de quelqu'un qui souhaite une bonne nuit à son bébé.

— Bonsoir.

Nous nous sommes séparés, retenant précieusement la paix limpide que la mort avait installée en nos cœurs.

Après avoir quitté K, quand j'ai ouvert la porte de l'appartement, j'ai été soulagée de constater que Sato n'était pas encore rentré. Il m'aurait pesé en effet de passer cette nuit particulière où un camarade de classe était mort à être questionnée par quelqu'un comme lui. Je voulais goûter seule tranquillement, sans être dérangée par personne, le sentiment mystique qui ne m'avait pas quittée depuis cette longue descente dans ce quartier proche de la mer. De plus je crois que je n'aurais pas été capable de répondre à ses questions, quelles qu'elles soient.

La plupart du temps, elles sont stéréotypées, banales et réalistes. Je m'en suis aperçue depuis que nous avons commencé à vivre ensemble.

— Pourquoi sont-ils tombés à la mer ?

— Ils avaient peut-être bu ?

— Qui conduisait ?

— Il s'agit peut-être d'un double suicide.

— En tout cas, c'est triste. Ils étaient encore jeunes…

Je suis fatiguée de ces questions rebattues. Cela m'énerverait encore plus si c'était lui qui me les posait. Je déteste quand il me questionne.

Je ne sais pas exactement depuis quand. Je ne l'ai pas forcément détesté au départ. Parce que je me rappelle vaguement qu'il a dû exister un moment où ça ne me déplaisait pas.

Un message de Sato m'attendait sur le tableau accroché au mur du living.

"Pour l'affaire, je crois que je vais arriver à un accord. Je rentrerai tard ce soir parce que nous avons une réunion au sujet du plan. Tu peux te coucher avant moi."

Son écriture était pointue et ascendante.

Je pense toujours que ses caractères ressemblent à des insectes. Lorsqu'ils sont posés sur le bout du doigt, les pattes aux extrémités velues, les élytres et les antennes qui remuent frénétiquement piquent la peau de manière désagréable.

J'ai effacé vigoureusement le message à l'aide du chiffon. Le tableau est si usé qu'il faut frotter fort pour effacer.

Le jour où il l'a rapporté, Sato était d'humeur joyeuse.

— Je crois que ce tableau est nécessaire pour arrondir les angles de notre vie commune. Faisons en sorte d'y écrire des messages, même le plus anodin.

Après quoi, il a longtemps hésité avant de décider de l'endroit où l'accrocher. J'ai émis un doute sur sa forme enfantine de tournesol.

— Je l'ai acheté chez un marchand de jouets. Il n'y a que là qu'on en trouve de si petits, a-t-il prétexté en plantant un clou dans le mur. Cela a produit un son mat dans la pièce à peine meublée. C'était il y a trois ans.

J'ai enlevé ma robe noire, l'ai rangée dans le placard. Ensuite, comme j'étais gelée jusqu'aux os, j'ai fait bouillir de l'eau pour me préparer un thé. D'après le ton du message, je pensais disposer de tout mon temps avant son retour. J'ai bu tranquillement mon thé après avoir respiré à pleins poumons la vapeur qui s'en dégageait.

Sur la table, les crayons de douze couleurs différentes étaient restés éparpillés dans l'état où nous les avions laissés. Je me suis rappelée que j'avais aidé Sato dans son travail la veille au soir.

Il était employé par une société immobilière vendant des maisons. La teneur de son travail était infiniment complexe et délicate, comparée à la taille de ce qu'il vendait. Il concernait par exemple la forme des boutons de la gazinière dans la cuisine. Ou la couleur et la longueur des poils de la moquette de la chambre. Ou encore la qualité du bois des étagères des placards de la chambre des enfants… Il y avait des problèmes interminables auxquels venaient s'ajouter des réclamations et des changements à répétition. Sato devait s'employer à tout résoudre de manière satisfaisante. Ecouter ses explications suffisait à me faire suffoquer et me rendre malade, mais lui semblait s'en accommoder relativement bien.

— Je n'abandonne jamais.

C'était son secret. Il annonçait ce précepte d'une manière si catégorique que je suffoquais encore plus.

Il lui arrive parfois de travailler à la maison. Il dessine à la demande des clients des plans sur un bloc à dessin portant la marque de sa société. Glissant dessous une feuille de papier millimétré, il trace alors des lignes aussi dures que du fil de fer avec la pointe de son crayon bien taillé. Quand il se met au travail, puisque je n'ai rien d'autre à faire, il me fait colorier ses plans au crayon de couleur.

— Gris, ça ira pour la décoration du salon ?

— C'est pour un jeune couple, je préférerais une couleur un peu plus gaie.

— Alors je vais le faire en crème léger. Qu'est-ce que je mets dans le jardin ?

— De la pelouse. Ce n'est pas possible avec le budget actuel, mais enfin.

— C'est cher la pelouse ?

— Oui. Ça dépend laquelle, il faut compter, au mètre carré, environ…

C'est ainsi que nous passions nos nuits tous les deux. Tout en coloriant, je bois du thé, mange des cacahuètes. Ce sont des nuits simples, au cours desquelles en général nous ne sommes ni joyeux, ni excités, nous n'avons jamais d'éclats de rire.

J'ai rangé dans leur boîte les crayons de couleur éparpillés. J'ai taillé avec soin le vert-jaune utilisé la veille pour la pelouse.

Les soirs où Sato n'est pas là, il règne toujours une atmosphère d'inachevé. Cela n'a rien à voir avec un sentiment bien défini tel que la tristesse, la solitude ou le manque, c'est simplement de l'incomplet. Il flotte une impassibilité tout droit sortie d'un dictionnaire. Je crois que c'est certainement parce que je suis trop habituée à vivre de longues heures avec lui dans cet appartement. C'est pourquoi, en son absence, l'appartement se sent imparfait.

Tout en titillant du bout de ma cuillère la tranche de citron qui flottait sur mon thé, je me suis penchée encore une fois sur la tranquillité qui réchauffait progressivement mon cœur. Malgré la vapeur qui se dégageait du thé, le sentiment de transparence restait inchangé, sans un grain de poussière. C'était la première fois que je voyais une mort aussi transparente. Ni peur ni douleur. Au contraire, une mort semblable à un baiser, une caresse, une étreinte.

J'ai imaginé tour à tour le mort et K. Le mort tel qu'il était resté dans mon souvenir depuis dix ans et K, aux côtés de qui je venais juste de descendre la rue en pente, avaient tous deux une silhouette bienveillante. Il s'en dégageait une gentillesse qui me ravissait et me mettait de bonne humeur.

J'ai eu envie de me coucher dans cet état d'esprit. Je voulais être endormie avant le retour de Sato. J'ai bu le reste de mon thé avant de me lever pour aller me glisser dans le lit. Dans leur boîte, les crayons de couleur se sont entrechoqués, produisant un bruit semblable à un chuchotement.

J'ai été invitée chez K par un beau dimanche après-midi.

Après notre séparation, le soir de la veillée funèbre, le téléphone m'était apparu comme doué d'une vie propre. La courbe du récepteur, les rainures entre les boutons, le fil flexible me faisaient penser à un animal plein de sensualité.

Les soirs où Sato n'était pas là, je passais de longues heures à le regarder. Je le plaçais au milieu de la table pour l'observer sous divers angles. Curieusement, je ne m'en lassais pas. J'aurais pu continuer indéfiniment à me distraire de cette manière.

Il lui arrivait de rester toute la soirée tapi sans réaction, mais également de me surprendre d'une voix claire. Quand il sonnait, j'hésitais au moment de décrocher comme avant de toucher un animal inconnu.

C'était presque toujours Sato.

— Je rentre. Ça ne t'ennuierait pas de me préparer à dîner ? Je suis désolé. Pour la peine, je te rapporte une tarte de la pâtisserie qui s'est ouverte la semaine dernière dans la rue qui longe le parc. A tout à l'heure.

C'est ainsi que cela se passait. Je raccrochais sans trop m'appesantir sur la question. Puis, avant son retour, je remettais l'appareil en place et lui donnais une caresse.

Plusieurs soirées se sont succédé ainsi à regarder le téléphone. J'ai passé de précieuses heures en sa compagnie sans m'en lasser, sans m'impatienter, sans même pousser un soupir.

Je commençais à ne plus trop savoir combien de jours s'étaient écoulés depuis la veillée funèbre lorsque j'ai reçu le coup de téléphone de K.

En suivant les indications qu'il m'avait données, j'ai trouvé tout de suite sa maison. Je suis descendue dans une petite gare de chemin de fer privée dont je ne connaissais l'existence que sur le plan, et après il m'a suffi d'aller tout droit.

C'était une journée avec un temps exceptionnel, comme il n'en existe que de rares fois dans l'année. Les raquettes de tennis sous le bras des étudiantes, les mugs du bar à lait et les vitres des autobus tournant autour du rond-point étincelaient comme s'ils avaient été choisis entre tous. Les gens marchaient le corps baignant dans la lumière. Le souvenir de la couleur noire des vêtements de deuil de K et de l'obscurité du soir de la veillée funèbre semblait se diluer dans la lumière.

Après avoir cherché un peu partout dans la rue commerçante devant la gare, j'ai fini par acheter comme cadeau une plante verte du nom de cheveu-de-Vénus dans une corbeille en osier.

Quand je me suis retrouvée devant la maison, je n'ai pas eu besoin de lire le nom sur la plaque pour savoir aussitôt qu'il s'agissait de celle de K. Je ressentais une curieuse nostalgie, qui me faisait penser que je l'avais déjà vue quelque part. J'ai bien essayé de cerner ce sentiment de nostalgie à l'aide du souvenir des livres d'images que je lisais étant enfant ou du rêve de jungle que je faisais à coup sûr quand j'avais de la fièvre, mais je n'ai pas réussi.

En tout cas, c'était une vieille maison. Du genre à abriter une vieille femme frêle aux cheveux blancs, assise en silence les yeux baissés.

Mais elle n'était pas du tout démodée. Il y avait du soin et de la tranquillité dans les encadrements de fenêtres peints en blanc, le noir de la poignée de la porte d'entrée et la vétusté des rebords en briques des massifs. Un vent léger s'est levé, comme si la maison respirait paisiblement. Dans mes bras, les feuilles du cheveu-de-Vénus se sont agitées en bruissant.

Je n'ai pas été autrement troublée de voir que la première personne à sortir quand j'ai sonné était une femme au lieu de K. J'ai été étonnée de m'entendre parler sans me présenter correctement, ni remercier pour l'invitation. A son âge ce n'était pas étonnant d'être marié, il n'était donc pas nécessaire d'en être ébranlée, mais je sentais que j'aurais mieux fait de perdre un peu plus contenance, peut-être même bégayer. J'ai néanmoins été capable de la regarder droit dans les yeux.

Je crois que c'est parce qu'elle était belle à couper le souffle. D'une beauté qui risquait de disparaître si l'on essayait de la saisir. Une étincelle brillait au fond de ses yeux limpides, chacun de ses cheveux rassemblés remuait avec souplesse et ses doigts avaient l'élégance de ceux d'une ballerine. De plus, elle avait une fraîcheur virginale. Elle n'était pas maquillée, n'avait pas de bijoux, et portait un simple tablier de coton blanc. Elle était aussi pure que la neige fraîche.

Elle m'a introduite dans une pièce orientée au sud qui faisait à la fois fonction de living et de salle à manger. K était en train de mettre le couvert.

— Bienvenue à la maison.

Il m'a accueillie avec sympathie, le visage souriant. La lumière qui entrait par la fenêtre était si douce qu'elle formait un halo autour de lui.

Comme pour l'extérieur, l'intérieur de la maison était lui aussi agréablement vieux. Le temps avait fait son travail sur les veinures du sol, du plafond et des piliers, leur donnant une patine idéale. Rien n'était neuf, des meubles et des tapis jusqu'à la nappe et aux vases. Tout était entretenu et utilisé avec soin. Çà et là, une éraflure ou une effilochure m'ont mise à l'aise.

Le repas était prêt au bon moment. Elle a posé le cheveu-de-Vénus dans sa corbeille en osier au bout de la table. Nous avons trinqué avec du vin blanc avant de commencer un déjeuner tardif.

Il n'y avait rien à redire sur le repas. Le potage aux petits pois était chaud et velouté, la crème fraîche dessinant même en surface un motif artistique. Le poulet sauté était parfumé et corsé, et il y en avait juste de quoi satisfaire mon appétit. Nous avons tous bavardé, ri et acquiescé à peu près à égalité. Entre-temps, elle a surveillé la cuisson du four, et K est allé chercher d'autre beurre dans le réfrigérateur.

Pendant le repas, elle était encore plus belle. A chaque fois qu'elle souriait, j'avais l'impression que le cheveu-de-Vénus, sur la table, en tremblait. Sans rouge à lèvres, ses lèvres couleur chair étaient souples, absorbant l'humidité de la chaleur des plats.

Une eau pure et cristalline coulait entre elle et K. Il dirigeait lentement son regard dans sa direction, et quand elle murmurait des mots sans signification tels que "n'est-ce pas" ou "hum", j'avais l'impression d'entendre le faible bruit de l'eau s'écoulant discrètement.

Au moment où elle a apporté la mousse au citron du dessert et le plateau pour le thé, K et moi étions en train de parler de Sato.

— Quel genre d'homme est-il ? a demandé K en prenant le plateau qu'elle lui tendait.

— Il vend des maisons, ai-je répondu avec circonspection, en pesant mes mots.

En fait, j'aurais voulu le lui présenter d'une manière plus abstraite. J'aurais voulu utiliser des mots plus chic et moins directs, en disant de lui que c'était un homme passionné, calme ou réfléchi. Mais je ne sais pour quelle raison c'était trop difficile.

— Nous étions dans la même université et nous avons commencé à vivre ensemble après notre diplôme. Nous ne sommes pas mariés officiellement. Nous vivons ensemble, c'est tout.

Je n'ai parlé que de choses concrètes et faciles à expliquer. Je me suis aperçue ensuite qu'il n'y avait rien d'autre à ajouter à son sujet. C'était comme si une brèche s'était ouverte à l'intérieur de ma tête après avoir dit que nous vivions ensemble.

— Je suis certaine que c'est quelqu'un de très bien. Venez tous les deux la prochaine fois, a-t-elle dit avant de poser sur la table les coupes en verre de la mousse au citron. Elles penchaient légèrement du fait d'un repli de la nappe à carreaux.

Je l'ai remerciée tout en fixant la déchirure qui ne se refermait pas à l'intérieur de ma tête.

K n'a rien demandé de plus à propos de Sato. Elle mettait des feuilles de thé dans le pot émaillé. Elle en a mis trois cuillères bombées, et son geste pour verser l'eau bouillante fut précautionneux comme pour une expérience scientifique. Le doux bruit du liquide qui coulait s'est élevé en même temps que la vapeur semblable à une brume de chaleur.

— Je l'ai connue dans la même école secondaire que toi.

K la regardait. Ses yeux tournés vers elle débordaient de sentiment. Un sentiment fait de tendresse, de paix et de pureté. Il n'y avait nulle trace de négligence dans ce regard qu'il lui adressait.

— A l'école secondaire ? ai-je dit, légèrement étonnée.

— Oui. Tu ne te souviens pas d'elle ?

J'ai regardé encore une fois comme elle était belle. Puis, franchement, je lui ai dit :

— Excuse-moi, je ne m'en souviens pas.

— Elle était bibliothécaire dans notre école.

Je me suis rappelé la lourde porte de la bibliothèque dans un coin du bâtiment en bois de l'école, la boîte de pastilles en métal qui servait de pot à crayons sur le comptoir et les cartes de prêt jaunies insérées dans la couverture des livres. La faible lumière des tubes fluorescents tombant du haut plafond. Je me suis souvenue aussi de l'odeur de vieux papier et des coups de sifflet provenant du gymnase. Mais je n'ai pas réussi à relier tout cela à son image.

— C'était il y a plus de dix ans. C'est normal de ne pas s'en souvenir, a-t-elle dit.

— Je me rappelle qu'il existait une bibliothécaire. Mais à l'époque, je n'ai pas du tout réalisé que cette personne était aussi belle que vous.

— Elle était toujours assise en silence derrière le comptoir. On aurait dit une chrysalide dormant dans son cocon. Les yeux baissés, elle semblait observer longuement quelque chose.

Les mots que K employait pour la décrire étaient si innocents et démodés que je n'ai pas su quel sens leur donner.

— Je me demande ce que c'était, ai-je dit, sans m'adresser à l'un ou l'autre en particulier.

— Je crois qu'il s'agissait de quelque chose qui ne se voit pas avec les yeux, a répondu K après un silence. Elle m'a permis d'oublier complètement la réalité, comme le fait que je me trouvais dans une école et que je n'étais qu'un enfant d'à peine quinze ans alors qu'elle était une adulte beaucoup plus âgée que moi. Je cherchais désespérément la place d'où je pouvais voir son profil sous le meilleur jour. Ce n'était jamais tout à fait la même selon l'heure, le temps ou la couleur de ses vêtements. Ce n'était pas facile de trouver l'endroit idéal. C'était une tâche passionnante.

J'ai essayé de superposer le K de l'école secondaire avec la bibliothèque de mon souvenir. Mais il n'y avait là que le K qui se trouvait devant moi. Le court-circuit du temps avait mis du désordre dans ma mémoire.

— Dès que j'avais trouvé le bon endroit, je l'observais. Un jour, je me suis inquiété car j'avais l'impression qu'elle dormait vraiment. D'un sommeil si profond qu'il aurait pu l'aspirer. J'ai cru que si je ne réagissais pas, elle allait y être engloutie. Alors je me suis approché d'elle et j'ai effleuré son épaule. Je voulais m'assurer qu'elle était là.

— Quand il m'a touchée, j'ai eu l'impression qu'il faisait tomber un verrou, a-t-elle dit à mi-voix.

La conversation semblait avoir été soigneusement répétée à l'avance. Avec son dessert fait maison, son thé parfumé et ses mots précis pour évoquer la naissance d'un amour, l'après-midi fut sans défaut.

La végétation du jardin somnolait sous la brise, et la lumière qui entrait par la fenêtre en saillie faisait trembler le motif de la dentelle des rideaux.

J'ai essayé de réfléchir à l'amour d'une bibliothécaire et d'un collégien. Il m'est apparu comme une aquarelle aux teintes fugitives. J'ai eu beau fixer mon regard pour en vérifier la forme, je n'ai vu qu'un flot de couleur pâle.

Elle a recouvert la théière d'une housse matelassée en forme de poussin. K regardait l'extrémité de ses doigts. Ils avaient une forme très précise. Ils se sont posés sur la théière avec précaution comme un végétal ayant la faculté de penser, tandis que le profil souriant de K était en lien direct avec elle.

Nous attendions que le thé infuse, le regard posé sur la housse. La conversation s'est interrompue un instant et ce fut le calme. Le tissu matelassé rouge paraissait s'être gonflé avec la chaleur.

— Quel est le nom de cette plante ? a-t-elle demandé brusquement.

— Un cheveu-de-Vénus. Elle est originaire des tropiques, ai-je répondu. Nos trois regards se sont tournés vers la plante.

Les feuilles, quand on les regardait mieux, étaient très légères. Leur contour était fin et délicat. On risquait le vertige en essayant de les suivre. Soudainement l'idée m'est venue que si j'essayais de les dessiner avec le crayon dur que Sato utilisait pour tracer ses plans, elles seraient si réelles qu'elles en deviendraient menaçantes.

— Vous connaissez la plante qu'on appelle tue-lion ? a-t-elle dit sans quitter le cheveu-de-Vénus des yeux. K et moi, nous avons secoué la tête ensemble.

— Les fruits de deux centimètres et demi de diamètre portent de solides épines de la taille d'une corne de bouc et qui accrochent tout. Même les lions meurent à cause d'elles.

— Elles sont empoisonnées ? a demandé K.

— Ce n'est pas aussi simple.

Elle jouait du bout des doigts avec les feuilles du cheveu-de-Vénus.

— Il suffit qu'une épine s'enfonce dans sa patte pour qu'elle morde profondément les chairs, augmentant la douleur à chaque pas. Le lion tente alors de l'arracher avec la gueule, et cette fois-ci elle se plante dans les muqueuses et s'enfonce de plus en plus profondément à chaque fois qu'il mange. La blessure s'infecte progressivement, si bien qu'il finit par mourir parce qu'il n'arrive plus à s'alimenter.

Derrière elle, la cuisine était propre. Le toasteur, l'étagère à épices et la poignée du réfrigérateur étaient recouverts d'un tissu à carreaux identique à celui de la nappe. Au mur étaient accrochées en ordre une poêle à frire, une cocotte à curry et la casserole à chauffer le lait. J'avais l'impression que tout dans la pièce était à l'écoute de ce qu'elle disait.

— Ça fait certainement plus mal de se piquer la bouche que la patte, a dit K avant de se mordre la lèvre.

— Mais ce qui est vraiment le plus terrible dans l'histoire du tue-lion, c'est ce qui suit. Le lion souffre tellement à cause de cette épine qu'il saute jusqu'à se briser les genoux, et le système veut qu'à chaque saut l'épine laisse échapper une à une les graines de sa racine. Plus le lion se débat au milieu de ses souffrances, plus les graines volent au loin et plus la plante prospère.

J'ai essayé d'imaginer le bruit que faisaient les graines de tue-lion en sautant. Etait-il froid comme pour mieux se moquer du pauvre lion ? A moins d'être aussi désagréable qu'un rire étouffé.

— Quel est l'habitat du tue-lion ?

La question de K était aussi naïve que celle d'un enfant.

— L'Afrique du Sud. Bien sûr, c'est le même que celui du lion.

C'est là qu'elle a enlevé la housse avant de répartir le thé dans nos trois tasses.

— Bien sûr que oui, a dit K.

J'ai renchéri avec admiration :

— Vous en savez des choses.

— N'oubliez pas que je travaillais dans une bibliothèque.

Elle a eu un rire léger avant de me passer le sucre.

— Vous êtes toujours dans la même école ?

Elle a secoué la tête. Quelques cheveux échappés du ruban qui les retenait ont brillé légèrement.

— Non. Certains événements ont fait que j'ai arrêté.

Des mots aussi cruels que mordre ou s'infecter prenaient dans sa bouche des accents romantiques. Je pouvais l'imaginer dans la bibliothèque après le départ des élèves, en train de feuilleter l'encyclopédie botanique… Dehors, le soleil couchant envahissait tout tandis que la nuit commençait à faire son apparition entre deux nuages. La couverture du volume était lourde, et il s'en dégageait quand on tournait les pages une odeur d'encre de fabrication étrangère. La carte de prêt était intacte. On n'entendait que le bruit du feu dans le poêle et celui des pages qu'on tourne. Les doigts de la jeune femme qui suivaient les contours des planches en couleurs ou aplatissaient la reliure étaient déjà, comme aujourd'hui, ceux d'une ballerine. Elle était absorbée dans sa lecture du passage sur le tue-lion, une main légèrement posée sur son menton. Et derrière elle, un peu décalé, se tenait K dans son uniforme de collégien. Il était d'un noir profond et lui allait aussi bien qu'un costume de deuil…

J'ai lentement regardé la pièce encore une fois. Elle était paisible au point de donner envie de dormir. J'ai fait éclater plein de petites bulles en prenant une cuillère de mousse. Ses lèvres brillaient comme si elles avaient conservé l'éclat des mots romantiques de tout à l'heure. K était là, nimbé de modestie. Il avait l'humilité de celui qui n'est présent que pour faire ressortir la beauté de l'autre.

Ce dimanche après-midi s'est déroulé sans défaut, entre le bruit des cuillères dans le thé et celui de la mousse fondant à l'intérieur de la bouche.

En rentrant de chez K, j'avais perdu la notion du temps. Comme il faisait noir, je comprenais que la nuit était proche. Mais je n'en savais pas plus. Il y avait un blanc concernant certaines choses comme ce que je voulais faire parce qu'il était telle heure ou ce qu'il me fallait faire avant telle heure.

Je crois que cela montre à quel point cet après-midi a été long. L'impression de ce moment passé à trois, en compagnie de K et sa femme, s'était si profondément gravée dans mon esprit que c'en était oppressant. C'était comme si j'avais été enfermée dans un espace temporel.

Sur le moment, j'ai senti qu'il valait mieux que je mange quelque chose. Je croyais que cela me permettrait de retrouver la notion de l'heure. J'ai ouvert le réfrigérateur, il y avait du persil sur l'étagère du milieu. Il formait un joli bouquet. Il y avait aussi une boîte d'un litre de yogourt périmé et un pot de moutarde. Ce n'est qu'après avoir regardé tout ça que je me suis aperçue qu'en réalité je n'avais pas faim. Je voulais conserver encore un peu à l'intérieur de mon corps la chaleur des plats que j'avais mangés avec K et sa femme.

Je me suis donc lavé le visage, et les dents avec la brosse électrique. Tellement soigneusement que j'ai épuisé les piles qui venaient d'être rechargées. Mais cela n'a rien changé. Dehors, le temps continuait de s'écouler, tandis que l'orientation du vent, la sécheresse de l'air et la couleur des nuages étaient toujours aussi vagues.

Il y avait un message de Sato sur le tableau. J'ai pensé en déchiffrant son écriture pointue que j'en avais déjà effacé un le matin même.

"J'ai mal aux dents et je vais chez le dentiste. Pas besoin de dîner, je ne peux rien manger. Excuse-moi."

Je me suis demandé avec mauvaise humeur si les dentistes consultaient le dimanche soir.

Il dit tout le temps qu'il a mal aux dents. A chaque fois il se tourne vers moi en ouvrant grande la bouche, car il veut à tout prix me les montrer. Il ne se rend même pas compte de mes réticences parce qu'il ouvre trop grande la bouche et garde les yeux fermés.

Ses dents sont plantées n'importe comment et on a l'impression qu'elles croupissent dans les gencives. Celles-ci, rouges et enflammées, sa langue granuleuse comme une figue et sa salive enchevêtrée comme une toile d'araignée me rappellent la pharmacie. A chaque souffle de son haleine qui sent le tabac, je me sens au bord de l'évanouissement car j'imagine les viscères qui pendent au-delà du trou que l'on devine au fond de sa gorge.

Mais ce qui m'a vraiment rendue malade, c'est cet "excuse-moi". Je déteste les encouragements et les excuses à répétition pour des choses insignifiantes. Est-ce qu'il ne s'en est pas encore aperçu ? Il y a vraiment trop de choses qu'il ne sait pas à mon sujet après tout ce temps vécu ensemble. Alors que moi, je ne peux déjà plus supporter de le voir acheter des livres du genre *Guérir les allergies par les points de pression des pieds* ou *Comment parler en public sans perdre son sang-froid*, avaler goulûment de la limonade au citron vert sous prétexte qu'il ne peut pas boire de bière, ou encore prendre un air faussement incrédule quand il a fait un ace au tennis.

J'ai pris dans son pot à crayons celui qui sert à tracer les plans et je l'ai fait rouler sur la table. Il est allé cogner contre le coin du carnet de croquis avant de s'arrêter. J'ai ouvert le cahier et j'ai pensé que j'allais essayer de dessiner un tue-lion.

“Les fruits de deux centimètres et demi de diamètre portent de solides épines de la taille d'une corne de bouc…”

Je me suis d'abord rappelé ses explications calmes et faciles à comprendre. Elles avaient la même clarté que l'énoncé des ingrédients dans une émission qui présente une recette de cuisine.

J'ai dessiné un cercle d'approximativement deux centimètres et demi en plein milieu de la feuille. Le trait était si dur que la mine a crissé sur le papier.

Une épine comme une corne de bouc, c'était un peu difficile. Parce que je n'ai jamais pris le temps d'observer tranquillement cet animal dans la réalité. Je me suis donc contentée d'inscrire dans le cercle une épine en forme d'arc tout en me remémorant les cornes d'un cerf-volant. Comme il fallait s'y attendre, la mine du crayon à dessin avait de la force, si bien que l'épine semblait terriblement agressive.

“Ça fait certainement plus mal de se piquer la bouche”, avait dit K en se mordant la lèvre.

Je me suis demandé en regardant le tue-lion pourquoi leur conversation ne contenait pas d'impuretés. Il n'y avait aucun déchet : ni hésitation, ni doute, ni colère. J'ai essayé encore une fois d'en dérouler le fil à l'intérieur de ma tête.

“Je voulais m'assurer qu'elle était là”, avait dit K. Il avait parlé d'un seul trait, comme aspiré vers un lointain souvenir qui l'aurait accueilli entre ses bras grands ouverts. En l'entendant parler ainsi, je m'étais sentie agréablement légère, comme si c'était moi qu'il prenait ainsi.

Je me demande si entre Sato et moi il a existé un instant pareil. Je me suis posé la question en ces termes et j'ai entrepris de dessiner un autre tue-lion en attendant de trouver la réponse.

Nous avons fait connaissance sur le court de tennis de l'université. C'était derrière le stand de tir à l'arc. De l'autre côté de la clôture allaient et venaient des étudiants en *hakama.* Entre le bruit du rebondissement des balles nous parvenait celui des flèches transperçant les cibles.

Les examens embêtants de français venaient à peine de se terminer, j'étais entourée d'amis et nous avions devant nous une superbe journée d'automne, si bien que tout me portait à croire que je n'avais aucun souci à me faire.

La première fois que Sato s'est tenu devant moi, j'ai regretté de porter des chaussettes dont l'élastique était légèrement détendu. J'ai pensé que j'aurais dû mettre en boule et jeter cette paire un peu défraîchie pour la remplacer par une neuve.

Nous avons fait un double. J'avais l'impression que quand j'étais au filet et lui au fond, son regard était tout entier attiré par mes chaussettes. C'était comme si ses mains moites s'étaient accrochées à mes mollets.

J'étais tellement obsédée par cette histoire de chaussettes que je ne saurais dire s'il a eu cette expression d'étonnement feint qu'il prenait quand il avait fait un ace.

C'est vrai que nous aussi nous avons eu cette période idyllique des débuts. L'emplacement devant la crêperie de la sortie sud de la gare R était pour moi un endroit particulier. Je sentais mon cœur cogner de plus en plus fort au fur et à mesure que s'approchait l'heure de notre rendez-vous. Même si nous ne devions pas nous y retrouver, mon cœur battait toujours un peu plus vite au moment où je passais devant la crêperie. Nous nous rencontrions toujours dans une odeur de crème sucrée et vanillée.

— Et maintenant, ça nous mène à quoi ? ai-je dit à haute voix. Mais cela n'a rien donné. J'ai seulement entendu les pleurs du bébé d'à côté arrivant par la véranda.

J'ai pensé à Sato allongé sur l'imposant fauteuil qui met le patient à la merci du dentiste. J'ai pensé à l'aspect grotesque de l'intérieur de sa bouche exposé à son regard. J'ai levé le cahier de croquis à deux mains et je l'ai replié comme lorsqu'on s'apprête à ingurgiter un médicament en poudre dans son enveloppe en papier. Ensuite, je me suis vue en train de verser le tue-lion dans la bouche de Sato en faisant attention à ce que l'épine ne vienne pas se planter dans ma main.

Par la suite, je suis retournée plusieurs fois chez K. Si souvent même, que c'en était embarrassant pour quelqu'un de normal, mais je ne sais pas pourquoi j'étais incapable de réfréner mon désir de le rencontrer à nouveau et ils m'accueillaient toujours de bon cœur. Ou plutôt, mes visites étaient sans incidences sur leur situation. Ils mangeaient à leur manière, prenaient plaisir à leur conversation et s'adressaient des sourires sans être gênés par ma présence. En même temps, ils ne me faisaient jamais ressentir ma propre solitude.

Entre chaque visite que je leur rendais, ma vie avec Sato stagnait comme un marécage croupissant.

C'est à cause d'une dispute sans importance avec lui que je me suis enfermée dans ma chambre ce jour-là. Je ne me rappelle plus si c'est parce qu'il m'avait fait une réflexion désagréable à propos du déjeuner que je lui avais préparé ou si le disque que j'étais en train d'écouter ne lui plaisait pas, toujours est-il qu'il s'agissait d'un malentendu de cet ordre.

Quand nous nous querellons ainsi, cela commence toujours par une réflexion blessante de sa part qui me met progressivement en colère et finit par me renfermer dans mon silence. Il ne se rend alors absolument pas compte de ce que je ressens et passe à un autre sujet d'un air tout à fait naturel, si bien que je me sens encore plus mal. Ensuite, à force de garder les yeux fixés sur moi-même, je finis par me croire complètement abandonnée.

Ce jour-là, après m'être enfermée dans ma chambre, j'en étais arrivée au dernier degré de l'isolement.

De l'autre côté de la porte, j'entendais Sato régler le volume de la télévision puis ouvrir le réfrigérateur pour y prendre une bouteille de limonade au citron vert. J'ai eu envie, afin de me remettre, de m'activer dans un travail simple, et j'ai décidé de ranger ma chambre.

Dans un premier temps, j'ai ouvert les tiroirs de la commode à partir du bas, pour rassembler les collants troués, les mouchoirs tachés et les tee-shirts usés afin de les jeter dans un sac plastique. Ensuite, j'ai sorti l'un après l'autre les tiroirs de mon bureau et j'ai bourré dans un autre sac tout ce dont je n'avais plus besoin. Les brouillons de mon mémoire de fin d'études universitaires, un stylo plume au capuchon fendu, des brochures d'assurances sur la vie, le bric-à-brac était inépuisable. Un demi-ticket de cinéma que j'avais gardé précieusement pendant longtemps et qui avait disparu à mon insu a fait sa réapparition au milieu de tout cela. C'était celui du premier film que nous avions vu ensemble, Sato et moi. A l'époque j'avais retenu par cœur le numéro inscrit dessus, comme un mot de passe éblouissant. J'ai eu un pincement au cœur à ce souvenir, mais je me suis reprise et je l'ai résolument jeté dans le sac plastique.

Les sacs étaient tout de suite pleins. Je serrais alors le lien avant d'en ouvrir un nouveau dans un froissement. Ils n'étaient pas lourds et, ballots informes, allaient s'aligner dans un coin de la pièce.

Il pleuvait dehors. Au froissement sec du plastique venait se mêler le bruit humide de la pluie. Je me suis progressivement absorbée dans ma tâche. Quand j'hésitais entre garder ou jeter, je choisissais toujours de jeter. La sensation de netteté que j'éprouvais au moment où toutes ces choses bourrées de vieux souvenirs quittaient mes doigts m'était agréable.

— Qu'est-ce que c'est que tout ce bruit ?

Sato était venu jeter un coup d'œil.

— Rien. Je range ma chambre, c'est tout, ai-je répondu sans m'interrompre, car je ne voulais pas être dérangée.

— Ah bon.

Il n'avait pas l'air intéressé, et il a disparu aussitôt en refermant la porte derrière lui.

J'étais dans un tel état d'esprit que je n'aurais pas pu ne pas ranger ma chambre de fond en comble. Au fur et à mesure que le bruit de la pluie se faisait plus violent, le soir s'épaississait de l'autre côté de la vitre. Alors que je classais, l'une après l'autre, de vieilles lettres, changeais l'ordre des disques ou taillais mes crayons, il m'est venu à l'esprit que ce travail n'aurait jamais de fin. J'avais l'impression que les choses débordaient de ma mémoire, interminablement comme des gouttes de pluie. Néanmoins, je restais étrangement absorbée, sans ressentir de dégoût.

Ce travail absorbant s'est poursuivi jusqu'à ce que je tombe sur un livre au fond d'un rayon de la bibliothèque. Quand je l'ai découvert, dans le coin le moins visible, furtif comme le souffle d'un bébé, j'ai suspendu mon geste pour jeter un coup d'œil au dos, la tête légèrement penchée. Une étiquette y était collée, qui portait un numéro et le nom du collège.

Au pétillement et au bruit que fit le décapsuleur en tombant sur la table, j'ai su que Sato buvait une autre bouteille de limonade au citron vert. Après avoir avalé bruyamment, il a émis une petite toux.

J'ai sorti avec précaution le livre de la bibliothèque. Il était resté tellement longtemps silencieux dans son coin qu'il m'est apparu très fragile. Mais quand je l'ai pris, il s'est révélé lourd et solide entre mes mains. Seulement, comme il était resté longtemps pris entre le *Webster* et *La Médecine de la famille*, il m'a donné l'impression que ses pages étaient hermétiquement scellées.

La couverture était d'une sévère couleur grise, et le titre, *Littérature du monde à l'usage des collégiens*, volume IV, "Allemagne", était rehaussé de mauve. Et il y avait aussi ce curieux dessin représentant des enfants maigres qui s'amusaient sur un manège. Difficile de savoir si c'étaient des garçons ou des filles qui, les yeux fendus, ne paraissaient pas particulièrement heureux de se retrouver sur le manège. Ils avaient la bouche fermée dans un rictus et, debout sur les chevaux de bois, agrippaient leur crinière à pleines mains. Les chevaux de bois, eux, les yeux à moitié fermés, avaient l'air triste.

J'avais tout oublié, le sujet du livre, comme le style et le dessin de la couverture. Mais j'étais certaine de l'avoir emprunté à la bibliothèque du collège. La carte de prêt était toujours insérée dans la pochette de la couverture à la fin du livre. Je l'ai sortie doucement, elle portait ma signature plus enfantine que maintenant, et il y avait un blanc à la date de retour.

J'ai regardé le petit carré où l'on inscrivait le jour de retour et j'ai songé à la date lointaine qui aurait dû s'y trouver. Ensuite seulement je me suis aperçue que la nuit était tombée et j'ai allumé la lumière. Les gouttes de pluie sur la fenêtre sont devenues blanches et cristallines.

Le coin supérieur droit de la carte de prêt était légèrement corné. Il y avait juste la place pour la saisir entre le pouce et l'index.

— C'est la trace de ses doigts, ai-je murmuré. Puis je me suis remémoré la forme de ses doigts alors qu'elle caressait les feuilles du cheveu-de-Vénus.

J'étais en train de retracer intérieurement la forme de ses ongles et les dessins de sa peau à l'extrémité de ses doigts lorsque lentement m'est revenu le coup de téléphone reçu de la bibliothèque à la veille de la remise des prix.

— N'auriez-vous pas gardé le volume IV, concernant l'Allemagne, de *Littérature du monde à l'usage des collégiens* ?

C'était elle qui m'avait téléphoné…

J'ai regardé encore une fois la couverture avec son manège.

Elle avait prononcé le titre avec la même clarté que s'il s'agissait d'une précieuse définition.

— Je vous demanderai de le rapporter le plus vite possible, car le délai est dépassé.

J'avais été d'autant plus déconcertée que sa voix ne semblait pas du tout me faire des reproches.

— Euh, oui. Excusez-moi. Je le rapporterai demain sans faute.

— Oui, puisque demain c'est la remise des prix, avait-elle répondu d'une voix qui trahissait un sourire.

Le coup de téléphone avait été bref. Je n'avais que quinze ans, aussi la jeune femme m'était-elle sortie de la tête aussitôt le téléphone raccroché. Et de la même façon, j'avais complètement oublié le volume IV de *Littérature du monde à l'usage des collégiens.*

Il pleuvait toujours. Le bruit de la pluie m'entourait d'une fine membrane.

— Que vais-je faire de ce livre ?

J'ai donné un petit coup de pied dans le sac qui se trouvait là. Il y a eu un froissement, comme un chuchotement, et les enfants sur le manège de chevaux de bois m'ont regardée à travers leurs yeux fendus.

Finalement, l'après-midi du samedi, j'ai décidé d'aller rendre le livre à la bibliothèque.

Le collège avait complètement changé. Le bâtiment en bois était devenu métallique, et à la place des anciens clapiers il y avait une papeterie, tandis que la loge du gardien servait de pavillon de thé pour le club. J'ai erré un peu partout à l'intérieur de l'école à la recherche de la bibliothèque. Toutes les classes étaient silencieuses, les cours étant terminés.

La bibliothèque était au troisième et dernier étage, dans un endroit bien ensoleillé. C'était bien plus vaste et moderne qu'autrefois. La moquette, les fichiers et les rideaux étaient encore tout neufs, et nets. Des collégiennes étudiaient sur des bureaux alignés le long des fenêtres au sud.

J'ai jeté un coup d'œil derrière le comptoir. J'étais un peu anxieuse à l'idée de voir la tête de la bibliothécaire. Je serrais fort le livre entre mon bras et ma poitrine.

— Excusez-moi de vous déranger, ai-je dit poliment, je voudrais rendre un livre.

La bibliothécaire qui était face à l'écran de l'ordinateur m'a regardée en silence sans détacher les mains de son clavier.

C'était une femme d'âge moyen, grande et maigre. Les ongles de ses doigts osseux et ridés brillaient d'un vernis rose vif qui semblait incongru.

Elle n'a même pas eu un de ces mots passe-partout qu'on utilise en pareil cas du genre "oui ?" ou "je vous en prie ?", si bien que je me suis sentie de plus en plus nerveuse.

— J'ai quitté le collège il y a dix ans en oubliant de rendre ce livre que j'avais emprunté…

— Dix ans ? s'est-elle exclamée d'un air consterné. Et elle m'a lancé un regard horrifié.

Je me suis consolée en me disant que les femmes de cet âge qui travaillent ne peuvent pas s'empêcher de se montrer désagréables avec les jeunes femmes telles que moi.

— Oui, je suis vraiment désolée.

— Vous l'avez gardé longtemps.

Elle s'est arrachée à son ordinateur pour venir se planter devant moi, les deux mains posées sur le comptoir. Sa poitrine décharnée, dans son chemisier blanc, était à la hauteur de mes yeux.

— Vous savez bien que le délai de prêt est d'une semaine.

— Oui, je sais. Je suis moi-même atterrée par ce manque de sens des responsabilités… ai-je bredouillé en posant le livre sur le comptoir. Elle l'a pris d'un geste vif pour le feuilleter.

— Vous avez raison, c'est un vieux livre. La carte de prêt est même remplie à la main. Aujourd'hui, tout est géré par ordinateur, vous savez.

— Ah bon ?

— Enfin, prenons-le quand même.

Elle tapotait la couverture du bout de ses ongles de couleur criarde.

— Vous avez encore les autres livres de la série ? ai-je demandé.

— Non, a-t-elle répliqué, il ne reste aucun livre de cette époque.

— Aucun ?

— Oui. Tout a brûlé.

— Brûlé ?

— Oui, dans un incendie. Il y a peut-être cinq ans. Vous ne le saviez pas ?

J'ai secoué la tête. Quand elle parlait, les pattes-d'oie de ses yeux remuaient nerveusement au même rythme que les commissures de ses lèvres. Son fond de teint poudreux soulignait ses rides. J'entendais derrière moi quelqu'un feuilleter discrètement un dictionnaire.

J'avais du mal à croire que tout avait brûlé, les cartes de prêt des volumes I, II et III écrites à la main, ainsi que le coup de téléphone reçu la veille de la remise des prix.

— Comme le bâtiment était en bois, le feu a été terriblement impressionnant. Il paraît qu'il y avait des tas de petits papiers qui volaient comme des papillons rouges au milieu des étincelles. Il y a même eu un ou deux morts, vous savez.

— Quoi, des morts ?

Le mot m'a terriblement choquée.

— Je ne sais pas très bien ce qui s'est passé en réalité, car j'ai commencé à travailler une fois la nouvelle bibliothèque reconstruite, environ un an après le sinistre.

— Ceux qui sont morts sont des élèves, des professeurs ou bien ?…

— Je ne sais pas.

Cela n'avait pas l'air de l'intéresser. Je voyais en transparence de son chemisier blanc ressortir les os de ses épaules et de son buste.

— Alors vous connaissez peut-être la personne qui était bibliothécaire ici avant vous ? J'étais au collège en même temps qu'elle, c'était une belle jeune femme, avec de longs cheveux bouclés, le teint clair, et elle ne se maquillait pas…

— Non, a-t-elle répondu froidement toujours sur le même ton. Elle tenait le livre par un coin et le laissait se balancer négligemment, de sorte que j'avais l'impression que le manège, sur la couverture, était réellement en mouvement.

— Ah bon ?…

Je n'ai rien pu dire de plus.

— Eh bien, en tout cas, vous avez bien fait de nous le rapporter. Merci.

Tout en parlant, elle a emporté le livre dans une petite pièce du fond, derrière le comptoir.

Notre conversation terminée, la bibliothèque a replongé dans un silence profond. Le profil d'un garçon en uniforme à col Mao en train de lire Hermann Hesse baignait dans le soleil commençant à décliner. Les fins contours de son visage semblaient vibrer.

L'idée m'est venue qu'il ne restait plus qu'un seul livre qu'elle avait touché. J'ai eu la pénible impression d'avoir commis un acte irréparable. Et je me suis rappelé encore une fois la trace de ses doigts au coin de la carte de prêt.

Dehors, le soir approchait doucement. La chaleur du soleil se dissipait dans les nuages. Mais toutes les personnes présentes lisaient ou étudiaient consciencieusement, sans se rendre compte de l'écoulement du temps. Dans la cour, des élèves en uniforme faisaient du sport. L'équipe d'athlétisme s'entraînait au sprint, celle de tennis s'échauffait, et celle de football dribblait. Une grosse rafale de vent a agité les feuilles du camphrier, l'herbe des massifs et le filet des buts.

C'est alors que j'ai remarqué un couple qui marchait dans une trouée du paysage.

Ils avançaient de telle manière en bordure de la cour qu'ils me tournaient le dos. Ils étaient serrés l'un contre l'autre et je ne voyais pas s'ils se tenaient par le bras ou par la main.

— C'est K et il est avec elle, me suis-je exclamée.

Vue de dos à travers la fenêtre de la bibliothèque au troisième étage, leur silhouette paraissait si fragile dans le lointain qu'elle semblait perdue, et je me suis demandé par quel miracle je les avais reconnus. Ils me donnaient l'impression de bavarder. J'ai eu la certitude qu'il s'agissait bien d'eux et que je ne me trompais pas à l'angle d'inclinaison qu'il prenait, lui qui était grand, pour approcher l'oreille de sa bouche, et aux efforts désespérés qu'elle déployait en s'étirant au maximum afin que ses paroles arrivent jusqu'à lui.

Même si des collégiens couraient ou sautaient tout près, personne ne faisait attention à eux. Ils marchaient avec légèreté. Leur dos rapetissait à la même vitesse que l'ombre du soir descendant sur la cour. Je me suis approchée de la fenêtre et j'ai posé mon visage sur la vitre. Mes joues se rafraîchirent. Derrière eux courait un groupe de joueurs de base-ball. Ils avaient tous les yeux rivés au sol sur leurs pieds, si bien que l'expression de leur visage était dissimulée par la visière de leur casquette. Leur uniforme blanc sur une chemise bleu marine se balançait de haut en bas à intervalles réguliers. Leur souffle rauque se mêlait au bruit des crampons heurtant le sable, tandis qu'ils s'apprêtaient à les cacher à ma vue. J'ai cligné des yeux à plusieurs reprises pour essayer de mieux les apercevoir. Mes cils ont caressé la vitre. C'est à ce moment-là qu'est venu l'instant particulier du soir où tout le paysage baigne dans la couleur dorée, et les uniformes, leur dos, le ciel et le vent, tout a coulé au fond de cette couleur.

Après le passage de l'équipe de baseball, un nuage de sable s'est élevé au-dessus du stade, faisant disparaître leur silhouette à ma vue.

Lorsque quelque temps plus tard j'ai reçu un coup de téléphone de K m'invitant à leur "rendre visite encore une fois", mon cœur battait tellement vite que je n'ai pas été capable de lui répondre aussitôt. C'est parce que sa voix me semblait d'autant plus proche et vivante que leur silhouette aperçue ce jour-là de dos à travers la fenêtre de la bibliothèque m'était apparue légère et fragile.

— Tu ne veux pas venir maintenant ? Je n'ai rien à faire et je traîne.

Sa voix arrivait si distinctement dans le récepteur que j'aurais pu la saisir. J'avais envie de lui demander s'ils étaient allés tous les deux au collège ce jour-là. Mais je craignais, en lui posant la question, de faire disparaître sa voix dans le lointain, à l'image de leur dos ce jour-là dans la lumière du soir.

Je pensais que je pleurerais forcément s'ils disparaissaient tous les deux. Plus que le plaisir d'être ensemble, c'était la détresse imprégnant mon cœur à l'idée de les voir disparaître qui me faisait ressentir à quel point ils m'étaient indispensables.

J'ai serré très fort le téléphone dans ma main en répondant :

— Attends-moi, j'arrive.

J'ai sonné, K est apparu tout de suite et m'a fait entrer dans la pièce habituelle.

Il y flottait une atmosphère nonchalante. La télévision marchait doucement, le journal était déplié sur le canapé, et une fumée blanche s'élevait de la cigarette posée sur le cendrier. Les feuilles du cheveu-de-Vénus sur la table étaient toujours aussi fines et tremblaient au moindre souffle. Et les faibles rayons du soleil hivernal baignaient la pièce dans sa totalité.

— Elle n'est pas là ? ai-je questionné en la cherchant des yeux.

— Elle est partie chez le marchand de livres d'occasion, a-t-il répondu.

— Elle aime les livres, n'est-ce pas ?

Nous étions assis l'un en face de l'autre sur les canapés.

— Oui, il faut qu'elle en respire l'odeur de temps en temps.

— L'odeur ?

— Oui, ce n'est pas parce qu'elle veut lire ou se documenter. Quand elle trouve un livre comme ceux qu'il y avait dans sa bibliothèque du temps où elle était bibliothécaire, elle les prend pour les feuilleter.

— Pour quoi faire ?

— Ça lui rappelle des vieux souvenirs. Tout le monde aime ça, non ? On va visiter les lieux de son enfance, son école, et quand on se retrouve devant un paysage familier, on est plein de nostalgie. Cela ne change rien, mais en tout cas, elle aime bien ça, la nostalgie.

La cigarette posée en équilibre sur le cendrier, devenue trop courte, est tombée. A côté se trouvait la boîte d'allumettes sur laquelle j'avais inscrit mon numéro de téléphone le soir de la veillée funèbre. Les chiffres minuscules que j'avais écrits avec mes doigts engourdis par le froid cette nuit-là se tenaient humblement dans un coin.

L'idée m'est venue qu'elle était peut-être à la recherche du seul livre qui n'avait pas brûlé, le volume IV, concernant l'Allemagne, de *Littérature du monde à l'usage des collégiens*.

Je l'imaginais debout entre les rayons étroits et poussiéreux de la librairie d'occasion, à la recherche de la couverture avec les enfants aux yeux bridés sur leur manège de chevaux de bois. Le libraire somnolait, assis au fond de sa boutique.

Elle prenait le livre pour vérifier s'il n'y avait pas à l'intérieur une carte de prêt avec la date de retour restée en blanc. Puis elle remettait le livre en place, le regard triste et en soupirant comme si son espoir était toujours déçu.

— Je vais faire du thé, a-t-il dit en se levant pour se diriger vers la cuisine.

J'aime quand il parle d'elle. J'aime son regard, comme une source profonde, quand il prononce son nom. Je crois que lorsque je voudrai exprimer sous une forme correcte ce qu'est l'amour, je n'aurai qu'à me souvenir de l'intensité de ce regard.

Il a pris une boîte de thé sur l'étagère, qu'il a posée sur la table. Elle était lourde et dorée, et l'on voyait au premier coup d'œil qu'il s'agissait d'un produit de luxe. Il en a versé une cuillère dans la théière habituelle. Comme elle, ses gestes étaient méticuleux. D'ailleurs, ils l'étaient pour tout ce qu'il faisait dans la maison, comme actionner les boutons du four ou tourner les pages du calendrier. Il faisait tout avec une tranquille application.

J'avais les yeux fixés sur lui tandis qu'il nous servait le thé. Pendant tout ce temps, nous n'avons pas échangé une parole. Seul le son de la télévision stagnait au fond de cette tranquillité.

Il a versé l'eau bouillante dans la théière, préparé les tasses et ouvert une boîte de chocolats au beurre. Ensuite, après avoir laissé tomber sur la théière la housse en forme de poussin, il s'est tourné vers moi et m'a souri.

Il y avait un match de rugby à la télévision.

— Tu aimes le rugby ? m'a-t-il demandé, et je lui ai répondu :

— J'aime toutes les émissions sportives. J'aime regarder les gens dépenser leur énergie.

Nous avons regardé le match en buvant le thé et en mangeant les chocolats. Il répondait à mes questions sur la règle du jeu.

— Pourquoi est-il disqualifié ?

— Parce qu'il a lancé le ballon en avant.

— Si l'on ne peut pas lancer le ballon en avant, comment fait-on pour avancer ?

— Il suffit de le lancer en courant, un tout petit peu derrière soi.

— Je vois.

Comme il parlait de temps en temps avec un chocolat dans la bouche, il m'arrivait de ne pas bien entendre la fin de certains mots. Mais ses explications étaient chaleureuses et infatigables comme les vagues de la mer au printemps.

Les joueurs sur l'écran transpiraient beaucoup et faisaient preuve d'une telle ardeur que c'en était pénible à voir. Le stade était plein et les spectateurs, qui agitaient des banderoles, se congratulaient ou se lamentaient, étaient tous très excités. Les acclamations, en une grosse déferlante, faisaient vibrer l'écran. Au fur et à mesure que l'excitation chauffée à blanc de la rencontre allait en augmentant, la paix installée entre nous se faisait plus profonde.

— Ce serait bien si elle rentrait tôt, ai-je suggéré à la mi-temps.

— Tu as raison, a-t-il répondu en détournant le regard de l'écran pour fixer un point au loin.

Ici, le calme régnait comme si le temps ne s'écoulait pas. Il avait une telle profondeur que j'avais l'impression qu'il m'aspirait et que je ne pourrais jamais en ressortir. Il me semblait que si je continuais à fixer ainsi le profil de K, j'allais disparaître avec eux au milieu de la cour dorée.

Je me demandais comment ils avaient réussi tous les deux à revenir de cette soirée d'une pureté et d'une paix infinies.

J'ai bu ma dernière gorgée de thé comme si je m'apprêtais à prendre congé. Il était brûlant. La coulée de bronze a transpercé mon corps en vibrant.

— Ce thé n'a pas du tout refroidi, ai-je remarqué brusquement. Je ne sais pas s'il a entendu, mais il a gardé le silence, le regard perdu.

Je m'étonnais que ce thé n'ait pas du tout refroidi alors que cela faisait déjà un certain temps que K nous l'avait servi.

Toute à cette pensée, j'ai cherché à attraper son regard pour essayer de voir avec lui ce qu'il y avait au bout.

Comme il faisait nuit et qu'elle n'était toujours pas rentrée, je lui ai dit merci et au revoir et je suis partie. Dehors c'était le noir de l'hiver. Des ténèbres paisibles, avec quelque part une odeur douceâtre. J'avais l'impression qu'il me suffirait de tendre la main pour arriver à attraper le voile d'obscurité.

L'air était glacé mais je n'avais pas froid. Des étoiles minuscules brillaient haut dans le ciel. Je me suis mise à marcher en sentant le froid envelopper lentement mes joues, mes mains et mes jambes. Un gros chat a traversé lentement devant moi.

Les ténèbres se poursuivaient à l'infini sur la route. Il me semblait que je marchais vers le bout de la nuit. Et cette extrémité me paraissait si lointaine que j'en avais le vertige.

Je ne m'étais pas aperçue que le chemin était en pente. Je me suis demandé avec un peu d'anxiété s'il y avait vraiment une descente à cet endroit, mais comme il n'y avait pas d'autre route en dehors de celle-ci, je ne pouvais rien faire d'autre que continuer à avancer. La descente est devenue plus raide, tandis que le bout de mes chaussures s'inclinait de plus en plus. La fin de la nuit semblait encore très éloignée du bout de mes pieds. La pente était longue au point que je me demandais avec inquiétude jusqu'où elle allait. La lumière d'une pièce d'un appartement s'allumant avant de s'éteindre et des gouttes d'eau s'échappant d'un robinet mal fermé d'une fontaine publique étaient les seuls signes de vie alentour. J'avais l'impression d'entendre la discrète respiration de la nuit.

Il m'a semblé qu'il y avait une aberration. Quelque chose d'invisible à l'œil, comme le temps, l'espace ou la distance, avait subi une distorsion. Mais je ne pouvais rien y faire. J'étais moi-même entraînée dans le tourbillon.

J'étais la seule à marcher. Je ne pouvais compter sur personne. Le souvenir de K était loin derrière moi.

Dans le noir entre la pente et le ciel, j'ai commencé à distinguer la mer. Au fur et à mesure de la descente, la couleur de la mer se faisait plus épaisse et plus distincte.

— D'où vient-elle ? ai-je murmuré. Puis j'ai tendu le bras à la lueur des étoiles pour vérifier la couleur de ce que je portais. Je n'arrivais pas à me rappeler la couleur du vêtement que j'avais mis ce jour-là. Je tenais absolument à le voir.

J'ai concentré mon regard sur la manche de ma robe alourdie par l'air froid qu'elle avait absorbé. Elle avait été engloutie par les ténèbres nocturnes. J'ai cligné des yeux plusieurs fois pour essayer de la distinguer au tréfonds de la nuit.

[illegible]
une pièce [illegible]
[illegible]
échappant [illegible]
[illegible]
[illegible]
[illegible]
Il [illegible]
[illegible]
[illegible]
[illegible]
[illegible]
[illegible]
Voilà [illegible]
[illegible]
[illegible]
[illegible]
[illegible]
[illegible]
[illegible]
[illegible]
[illegible]
[illegible]
[illegible]
[illegible]
[illegible]
[illegible]
[illegible]
[illegible]
[illegible]
[illegible]
[illegible]

TABLE

Ouvrage réalisé
par l'Atelier graphique Actes Sud.
Achevé d'imprimer
en août 1998
par l'Imprimerie Bussière
à Saint-Amand-Montrond
sur papier des
Papeteries de Jeand'heurs
pour le compte des éditions
ACTES SUD
Le Méjan
Place Nina-Berberova
13200 Arles.

Dépôt légal
1re édition : octobre 1998
N° impr. : 2087